新编版

入选课本作家优秀作品丛书

冰 心
Bingxin

优秀作品选
Youxiu Zuopinxuan

冰 心 / 著

《冰心优秀作品选》编辑组 / 编

华东师范大学出版社

上海

图书在版编目（ＣＩＰ）数据

　　冰心优秀作品选 / 冰心著 ;《冰心优秀作品选》编
辑组编. -- 上海 : 华东师范大学出版社, 2021
　　ISBN 978-7-5760-1455-6

　　Ⅰ. ①冰… Ⅱ. ①冰… ②冰… Ⅲ. ①中国文学一现
代文学一作品综合集 Ⅳ. ①I216.2

　　中国版本图书馆 CIP 数据核字(2021)第 042818 号

冰心优秀作品选

著 / 冰心
编 /《冰心优秀作品选》编辑组
责任编辑 / 吴余
审读编辑 / 李贵莲
责任校对 / 南艳丹

出版发行 / 华东师范大学出版社
社址 / 上海市中山北路 3663 号　　　邮编 / 200062
网址 / www.ecnupress.com.cn
电话 / 021-60821666　　行政传真 / 021-62572105
客服电话 / 021-62865537
门市(邮购)电话 / 021-62869887
地址 / 上海市中山北路 3663 号华东师范大学校内先锋路口
网店 / http://hdsdcbs.tmall.com

印刷者 / 武汉兆旭印务有限公司
开本 / 880 × 1230　32 开
印张 / 5
字数 / 104 千字
版次 / 2021 年 4 月第 1 版
印次 / 2021 年 4 月第 1 次
书号 / ISBN 978-7-5760-1455-6
定价 / 16.00 元

出版人 / 王焰

(如发现本版图书有印订质量问题,请寄回本社客服中心调换或电话 021-62865537 联系)

阅读准备

·作家生平·

冰心（1900—1999），原名谢婉莹，福建长乐人，现代著名散文家、诗人、翻译家。冰心在五四运动时参加了学生运动，开始了文学创作。1919 年 9 月发表第一篇小说《两个家庭》，第一次使用"冰心"这一笔名。1923 年，第一部诗集《繁星》出版，同年第一部散文小说集《超人》和第二部诗集《春水》出版。在美国留学期间，创作了通讯集《寄小读者》，成为中国儿童文学的奠基之作。1926 年回国，在国内任教。1946 年赴日本。1951 年回国后，出版了《归来以后》《小橘灯》《我们把春天吵醒了》《再寄小读者》《樱花赞》等作品。

·创作背景·

《繁星》《春水》主要发表于 1922 年《晨报》副刊上，小诗按序号编排。1923 年两组诗歌分别由商务印书馆和新潮社出版。

冰心在美国留学期间，撰写了《给儿童世界的小读者》，刊登在《儿童世界》上。1926 年 5 月，这些通讯结集，由北新书局出版。

1957 年 1 月 19 日，春节将至，冰心应《中国少年报》之约，写了一篇题为《小橘灯》的散文，于 1957 年 1 月 31 日发表。

《我们把春天吵醒了》最初发表于 1959 年 2 月 8 日的《人民

日报》，后收入散文集《我们把春天吵醒了》。

《腊八粥》是冰心纪念周总理逝世三周年的精心之作。

·作品速览·

冰心一生信奉"爱的哲学"，在《繁星》里，她不断唱出了爱的赞歌。在《春水》里，冰心却用了更多的篇幅，来含蓄表述她本人和她那一代青年知识分子的烦恼和苦闷。

《寄小读者》大都是报道作者赴美途中和身居异乡时的一些生活感受，表达她出国期间对祖国的关注和深切怀念。

《小橘灯》赋予了小橘灯以深刻的象征寓意，同时也表达出了作者对旧中国的控诉及对新中国的热爱之情。

《我们把春天吵醒了》写出了作者对春天的赞美和喜爱之情，同时表达了她对社会主义建设的支持，期望民族复兴的愿望。

《腊八粥》并非一篇纯粹的忆旧文字。自然，作者也用"满蕴着温柔"的委婉尽意的笔致，抒写着母亲煮腊八粥的往事。

·文学特色·

《繁星》《春水》语言清新淡雅，形式短小而意味深长，用短小灵活的形式，书写敏锐的感触和瞬间的喟叹，极具特色。

《寄小读者》是冰心的一本通讯散文合集，以母爱、童心、大自然为主题，为五四运动之后的小朋友们传递了满满的爱。

《小橘灯》文笔细腻流畅，语言委婉灵动，感情亲切浓厚，字里行间洋溢着冰心对生活、生命的热忱与思考。

《我们把春天吵醒了》语言优美，把春天比作人，十分形象生动地写出了春天的特点和在春天里人们的活动。

《腊八粥》以孩子们纪念周爷爷的独特角度，抒写人民对自己的好总理的敬仰、爱戴与怀念之情。

目　录

繁星·春水

第一编

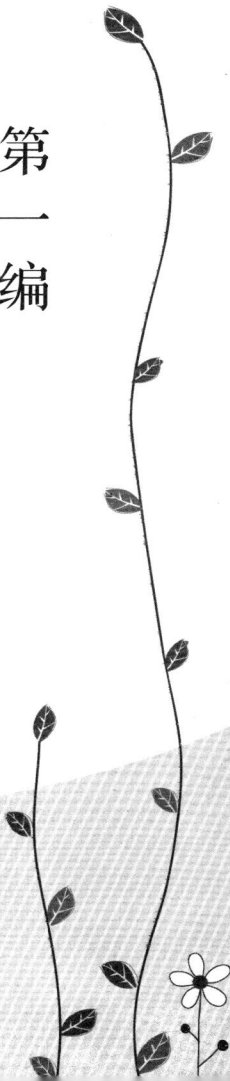

繁　星（节选）

一

繁星闪烁着——
　　深蓝的太空，
　　何曾听得见它们对语？
沉默中，
　　微光里，
　　　　它们深深地互相颂赞了。

二

童年啊！
是梦中的真，
　　是真中的梦，
　　是回忆时含泪的微笑。

八

残花缀在繁枝上；
鸟儿飞去了，

撒得落红满地——
　　生命也是这般的一瞥么？

九

梦儿是最瞒不过的呵，
清清楚楚的，
　　诚诚实实的，
　　　告诉了
你自己灵魂里的密意和隐忧。

一〇

嫩绿的芽儿，
　　和青年说：
"发展你自己！"

淡白的花儿，
　　和青年说：
"贡献你自己！"

深红的果儿，
　　和青年说：
"牺牲你自己！"

一四

我们都是自然的婴儿，
　　卧在宇宙的摇篮里。

一五

小孩子！
你可以进我的园，
　　你不要摘我的花——
看玫瑰的刺儿，
　　刺伤了你的手。

一六

青年人呵！
为着后来的回忆
　　小心着意的描你现在的图画。

一八

文学家呵！
着意的撒下你的种子去，
　　随时随地要发现你的果实。

一九

我的心，
　　孤舟似的，

穿过了起伏不定的时间的海。

二四

向日葵对那些未见过白莲的人，

　　承认他们是最好的朋友。

白莲出水了，

　　向日葵低下头了：

她亭亭的傲骨，

　　分别了自己。

二七

诗人，

　　是世界幻想上最大的快乐。

　　也是事实中最深的失望。

三三

母亲呵！

撇开你的忧愁，

　　容我沉酣在你的怀里，

　　只有你是我灵魂的安顿。

四一

夜已深了，

　　我的心门要开着——

一个浮踪的旅客，

思想的神，

　　在不意中要临到了。

四二

云彩在天空中，

　　人在地面上——

思想被事实禁锢住，

　　便是一切苦痛的根源。

四五

言论的花儿

　　开得愈大，

行为的果子

　　结得愈小。

四八

弱小的草呵！

骄傲些吧，

　　只有你普遍的装点了世界。

四九

零碎的诗句，

　　是学海中的一点浪花罢；

然而它们是光明闪烁的，

　　繁星般嵌在心灵的天空里。

五二

轨道旁的花儿和石子!

只这一秒的时间里,

我和你

　　是无限之生中的偶遇,

　　　也是无限之生中的永别;

再来时,

　　万千同类中,

　　　何处更寻你?

五五

成功的花。

　　人们只惊慕她现时的明艳!

　　　然而当初她的芽儿,

　　　浸透了奋斗的泪泉,

　　　洒遍了牺牲的血雨。

六一

风呵!

不要吹灭我手中的蜡烛,

　　我的家还在这黑暗长途的尽处。

六二

最沉默的一刹那顷,

是提笔之后，
　　下笔之前。

六四

聪明人！
要提防的是：
忧郁时的文字，
　　愉快时的言语。

六九

春天的早晨，
　　怎样的可爱呢！
融冶的风，
　　飘扬的衣袖，
　　静悄的心情。

七〇

空中的鸟！
何必和笼里的同伴争噪呢？
你自有你的天地。

七一

这些事——
　　是永不漫灭的回忆；
月明的园中

藤萝的叶下，

　　母亲的膝上。

七三

无聊的文字，

　　抛在炉里，

　　　　也化作无聊的火光。

七六

月明之夜的梦呵！

远呢？

近呢？

但我们只这般不言语，

听——听

这微击心弦的声！

眼前光雾万重，

　　柔波如醉呵！

沉——沉。

七八

真正的同情，

　　在忧愁的时候，

　　　　不在快乐的期间。

八二

这问题很难回答呵，
　　我的朋友！
什么可以点缀你的生活？

八七

知识的海中，
　　神秘的礁石上，
　　　　处处闪烁着怀疑的灯光呢。
感谢你指示我，
　　生命的舟难行的路！

八八

冠冕？
　　是暂时的光辉，
　　　　是永久的束缚。

九三

我的心呵！
是你驱使我呢，
　　还是我驱使你？

九四

我知道了，

时间呵！
你正一分一分的，
　消磨我青年的光阴！

九六

影儿落在水里，
　句儿落在心里，
　　都一般无痕迹。

九八

青年人！
信你自己罢！
只有你自己是真实的，
　也只有你能创造你自己。

一〇〇

夜半——
　宇宙的睡梦正浓呢！
独醒的我，
　可是梦中的人物？

一〇二

小小的花，
　也想抬起头来，

感谢春光的爱——
然而深厚的恩慈，
　　反使她终于沉默。
母亲呵！
你是那春光么？

一〇五

灯呵！
感谢你忽然灭了：
在不思索的挥写里，
替我匀出了思索的时间。

一〇八

心是冷的，
　　泪是热的；
心——凝固了世界，
　　泪——温柔了世界。

一一六

海波不住地问着岩石，
　　岩石永久沉默着不曾回答；
然而它这沉默，
　　已经过百千万回的思索。

一一九

谢谢你，

　　我的琴儿！

月明人静中，

　　为我颂赞了自然。

一二一

露珠，

　　宁可在深夜中，

　　　和寒花做伴——

　　却不容那灿烂的朝阳，

　　给她丝毫暖意。

一二三

天上的玫瑰，

　　红到梦魂里；

天上的松枝，

　　青到梦魂里；

天上的文字，

　　　却写不到梦魂里。

一二五

蜜蜂，

　　是能融化的作家；

从百花里吸出不同的香汁来，
　酿成它独创的甜蜜。

一三一

大海呵，
　哪一颗星没有光？
　哪一朵花没有香？
　哪一次我的思潮里
　　没有你波涛的清响？

一三二

我的心呵！
你昨天告诉我，
　世界是欢乐的；
今天又告诉我，
　世界是失望的；
明天的言语，
　　又是什么？
叫我如何相信你！

一三六

风雨后——
　花儿的芬芳过去了，
　　花儿的颜色过去了，

果儿沉默的在枝上悬着。
花儿的价值，
　要因着果儿而定了！

一四一

思想，
　只容心中游漾。
刚拿起笔来，
　神趣便飞去了。

一四二

一夜——
　听窗外风声。
　　可知道寄身山巅？
烛影摇摇，
　影儿怎的这般清冷？
似这般山河如墨，
　只是无眠——

一四五

心弦呵！
弹起来罢——
　让记忆的女神，
　　和着你的调儿跳舞。

一四九

无月的中秋夜，
  是怎样的耐人寻味呢！
隔着层云，
  隐着清光。

一五二

我的朋友！
不要任凭文字困苦你；
文字是人做的，
  人不是文字做的！

一五四

总怕听天外的翅声——
小小的鸟呵！
羽翼长成，
  你要飞向何处？

一五五

白的花胜似绿的叶，
  浓的酒不如淡的茶。

一五六

清晓的江头，

白雾蒙蒙，

是江南天气，

雨儿来了——

我只知道有蔚蓝的海，

却原来还有碧绿的江，

这是我父母之乡！

一五七

因着世人的临照，

只可以拂拭镜上的尘埃，

却不能增加月儿的光亮。

一五八

我的朋友！

雪花飞了，

我要写你心里的诗。

一五九

母亲呵！

天上的风雨来了，

鸟儿躲到它的巢里；

心中的风雨来了，

我只躲到你的怀里。

一六〇

聪明人！
文字是空洞的，
　　言语是虚伪的；
你要引导你的朋友，
　　只在你
　　　　自然流露的行为上！

一六三

片片的云影，
　　也似零碎的思想么？
然而难将记忆的本儿，
　　将它写起。

一六四

我的朋友！
别了，
　　我把最后一页，
　　　　留与你们！

春 水（节选）

一

春水！

又是一年了，

还这般的微微吹动，

可以再照一个影儿么？

春水温静地答谢我说：

"我的朋友！

我从来未曾留下一个影子，

不但对你是如此。"

四

芦荻，

只伴着这黄波浪么？

趁风儿吹到江南去罢！

五

一道小河

平平荡荡的流将下去，
只经过平沙万里——
　自由的，
　　沉寂的，
它没有快乐的声音。

一道小河
　曲曲折折的流将下去，
只经过高山深谷——
　险阻的，
　　　挫折的，
它也没有快乐的声音。

我的朋友！
感谢你解答了
　我久闷的问题，
平荡而曲折的水流里，
　青年的快乐
　　　在其中荡漾着了！

　　　　　　　　——

南风吹了，
将春的微笑
　从水国里带来了！

一三

白莲花！
　清洁拘束了你了——
但也何妨让同在水里的红莲
　来参礼呢？

一五

沉默里，
　充满了胜利者的凯歌！

一七

红墙衰草上的夕阳呵！
快些落下去罢，
　你使许多的青年人颓老了！

一八

冰雪里的梅花呵！
　你占了春先了。
看遍地的小花
　随着你零星开放。

二三

平凡的池水——
　临照了夕阳，

便成金海!

二四

小岛呵!
　何处显出你的挺拔呢?
无数的山峰
　沉沦在海底了。

二五

吹就雪花朵朵——
　朔风也是温柔的呵!

二九

一般的碧绿
　只多些温柔。
西湖呵,
　你是海的小妹妹么?

三一

诗人!
自然命令着你呢,
　静下心潮
　　　听它呼唤!

三二

渔舟归来了，
　看江上点点的红灯呵！

三三

墙角的花！
你孤芳自赏时，
　天地便小了。

三五

嫩绿的叶儿
　也似诗情么？
颜色一番一番的浓了。

三六

老年人的"过去"，
　青年人的"将来"，
在沉思里
　都是一样呵！

三八

秋深了！
　树叶儿穿上红衣了！

三九

水向东流，
　月向西落——
诗人，
　你的心情
　　能将她们牵住了么？

四一

小松树，
　容我伴你吧，
　山上白云深了！

四二

晚霞边的孤帆，
　在不自觉里
　完成了"自然"的图画。

四三

春何曾说话呢？
　但她那伟大潜隐的力量，
　　已这般的
　温柔了世界了！

四六

不解放的行为，

　　造就了自由的思想！

四七

人在廊上，

　　书在膝上，

拂面的微风里

　　　　知道春来了。

四九

自然的微笑里，

　　融化了

　　　人类的怨嗔。

五〇

何用写呢？

　　诗人自己

便是诗了！

五三

春从微绿的小草里

　　对青年说：

"我的光照临着你了，

从枯冷的环境中
创造你有生命的人格罢！"

五五

野地里的百合花，
　只有自然
是你的朋友罢。

五九

乘客呼唤着说：
　"舵工！
　　　小心雾里的暗礁罢。"
舵工宁静的微笑说：
　"我知道那当行的水路，
　　　这就够了！"

六〇

流星——
　只在人类的天空里是光明的；
它从黑暗中飞来，
　又向黑暗中飞去，
　　生命也是这般的不分明么？

六一

弟弟！

且喜又相见了，

我回忆中的你，

哪能像这般清晰？

六三

柳花飞时，

燕子来了；

芦花飞时，

燕子又去了；

但她们是一样的洁白呵！

六四

婴儿，

在他颤动的啼声中

有无限神秘的言语，

从最初的灵魂里带来

要告诉世界。

六六

清绝——

是静寂还是清明？

只有凝立的城墙，

被雪的杨柳，

冷又何妨？

白茫茫里走入画图中吧!

六八

当我自己在黑暗幽远的道上
　当心的慢慢走着,
　我只倾听着自己的足音。

六九

沉寂的渊底,
　却照着
　　永远红艳的春花。

七一

当我浮云般
自来自去的时候,
真觉得宇宙太寂寞了!

七四

在模糊的世界中——
　我忘记了最初的一句话,
　也不知道最后的一句话。

七五

昨日游湖,
今夜听雨,

这雨点已落到我心中的湖上,
滴出无数的叠纹了!

七六

寂寞增加郁闷,
忙碌铲除烦恼——
我的朋友!
快乐在不停的工作里!

七九

我愿意在离开世界以前
能低低告诉它说:
"世界呵,
我彻底的了解你了!"

八〇

当我看见绿叶又来的时候,
我的心欣喜又感伤了。
勇敢的绿叶呵!
记否去秋黯淡的离别呢?

八二

我的朋友,
不要让春风欺哄了你,
花色原不如花香啊!

八五

我的朋友！
　倘若你忆起这一湖春水，
要记住
　它原不是温柔，
　只是这般冰冷。

八七

青年人！
　只是回顾么？
　这世界是不住的前进呵。

九〇

聪明人！
　在这漠漠的世界上，
只能提着"自信"的灯儿
　进行在黑暗里。

九一

对着幽艳的花儿凝望，
　为着将来的果子
　只得留它开在枝头了！

九五

月儿——

在天下的水镜里，

　　这边光明，

　　　　那边黯淡。

但在天上却只有一个。

九六

"什么时候来赏雪呢？"

　　"来日罢，"

"来日"过去了。

"什么时候来游湖呢？"

　　"来年罢，"

"来年"过去了。

"什么时候来工作呢？

　　来生么？"

我微笑而又惊悚了！

一〇二

我的问题——

　　我的心

在光明中沉默不答。

我的梦

却在黑暗里替我解明了!

一〇三

智慧的女儿!

在不住的抵抗里,

你永远不能了解

什么是人类的同情。

一一〇

聪明人!

纤纤的月,

完满在后头呢!

姑且容淡淡的云影

遮蔽着她罢。

一一一

小麻雀!

休飞进田垄里。

垄里,

遍地弹机

正静静的等着你。

一一二

浪花愈大，
　凝立的磐石
　在沉默的持守里，
　　快乐也愈大了。

一一三

星星——
　只能白了青年人的发，
　不能灰了青年人的心。

一一八

紫藤萝落在池上了，
花架下
　长昼无人，
只有微风吹着叶儿响。

一二三

几天的微雨，
　将春的消息隔绝了，
无聊里——
　几朵枯花，
　　只拈来凝想。
　原是去年的言语呵，

也可作今日的慰安么？

一二七

清晓——
　静悄悄地走入园里，
万有都在睡梦中呵！
　除却零零的露珠
　　谁是伴侣呢？

一二九

朝阳下的鸟声清啭着，
　窗帘吹卷了，
　　又听得叶儿细响——
无奈诗人的心灵呵！
　不许他拿起笔儿
　　却依旧这般凝想。

一三〇

这时又是谁在海舟上呢？
　水面黄昏
　　凭栏的凝眺，——
　山中的我
　　只合空想了。

一三四

命运如同海风——
吹着青春的舟，
飘摇的，
　　曲折的，
渡过了时光的海。

一三五

梦里采撷的天花，
　　醒来不见了——
我的朋友！
人生原有些愿望！
只能永久的寄在幻想里！

一四一

雨后——
　　随着蛙声，
荷盘上的水珠，
　　将衣裳溅湿了。

一四五

我的心开始颤动了——
　　当我默默的
　　　　敞着楼窗，

对着大海，

自然无声的谢我说：

"我承认我们是被爱的了。"

一四七

绿荫下

　沉思的坐着——

游丝般的诗情呵！

迷蒙的春光

　　刚将你抽出来，

　　叶底园丁的剪刀声

　　又将你剪断了。

一五〇

岩下

　缓缓的河流，

　　深深的树影——

指点着

　细语着，

许多诗意

　笼盖在月明中。

一五二

先驱者！

绝顶的危峰上

可曾放眼？

便是此身解脱，

也应念着山下

劳苦的众生！

一五三

笠儿戴着，

牛儿骑着，

眉宇里深思着——

小牧童！

一般的沐着大地上的春光呵，

完满的无声的赞扬，

诗人如何比得你！

一五四

柳条儿削成小桨，

莲瓣儿做了扁舟——

容宇宙中小小的灵魂，

轻柔地泛在春海里。

一五六

睡起——

廊上黄昏，

薄袖临风；
庭院水般清，
　心地镜般明；
是画意还是诗情？

一六一

隔窗举起杯儿来——
落花！
　和你作别了！
　　原是清凉的水呵，
　只当是甜香的酒罢。

一六二

崖壁阴阴处，
　海波深深处，
　　垂着丝儿独钓。
鱼儿！
　不来也好！
我已从蔚蓝的水中
　钓着诗趣了。

一七二

开函时——
　正席地坐在花下，

一阵凉风

　　将看完的几张吹走了。

我只默默的望着，

　　听它吹到墙隅，

慰悦的心情

　　也和这纸儿一样的飞扬了！

一七九

明月！

　　完成了你的凄清了！

银光的田野里，

　　是谁隔着小溪

　　吹起悠扬之笛？

一八一

襟上摘下花儿来，

　　匆匆里

　　就算是别离的赠品罢！

马已到门前了，

　　要不是窗内听得她笑言，

　　　错过也

　　又几时重见？

一八二

别了！
　春水，
感谢你一春潺潺的细流，
　带去我许多意绪。

向你挥手了，
　缓缓地流到人间去罢。
　我要坐在泉源边，
　静听回响。

一九二二年三月五日至六月十四日

第二编

寄小读者

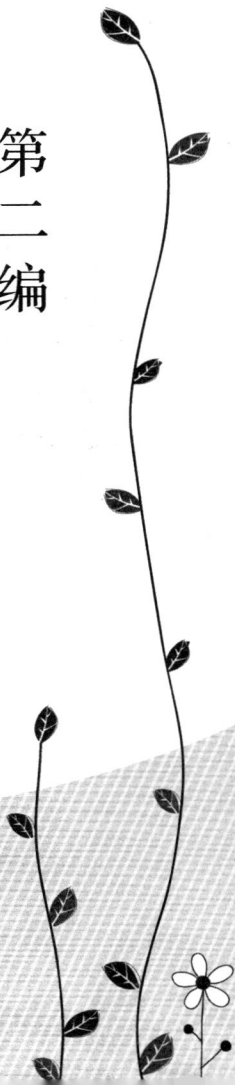

寄小读者（1923—1926）（节选）

通讯一

似曾相识的小朋友们：

我以抱病又将远行之身，此三两月内，自分已和文字绝缘；因为昨天看见《晨报》副刊上已特辟了"儿童世界"一栏，欣喜之下，便借着软弱的手腕，生疏的笔墨，来和可爱的小朋友，作第一次的通讯。

在这开宗明义的第一信里，请你们容我在你们面前介绍我自己。我是你们天真队里的一个落伍者——然而有一件事，是我常常用以自傲的：就是我从前也曾是一个小孩子，现在还有时仍是一个小孩子。为着要保守这一点天真直到我转入另一世界时为止，我恳切地希望你们帮助我，提携我，我自己也要永远勉励着，做你们的一个最热情最忠实的朋友！

小朋友，我要走到很远的地方去。我十分的喜欢这次的远行，因为或者可以从旅行中多得些材料，以后的通讯里，能告诉你们些略为新奇的事情。——我去的地方，是在地球的那一边。我有三个弟弟，最小的十三岁了。他念过地理，知道地球是圆的。他开玩笑地和我说："姊姊，你走了，我们想你的时候，可以拿一条很长的竹竿子，从我们的院子里，直穿到对面你们的院子去,穿成一个孔穴。我们从那孔穴里,可以彼此看见。我看看你别后是否胖了,或是瘦了。"小朋友想这是可能的事情吗？——我又有一个小朋友,今年四岁了。他有一天问我说:"姑姑,你去的地方,是比前门还远吗？"小朋友看是地球的那一边远呢？还是前门远呢？

我走了——要离开父母兄弟,一切亲爱的人。虽然是时期很短,我也已觉得很难过。倘若你们在风晨雨夕,在父亲母亲的膝下怀前,姊妹弟兄的行间队里,快乐甜柔的时光之中,能联想到海外万里有一个热情忠实的朋友,独在恼人凄清的天气中,不能享得这般浓福,则你们一瞥时的天真的怜念,从宇宙之灵中,已遥遥的付与我以极大无量的快乐与安慰!

小朋友,但凡我有工夫,一定不使这通讯有长时间的间断。若是间断的时候长了些,也请你们饶恕我。因为我若不是在童心来复的一刹那顷拿起笔来,我决不敢以成人烦杂之心,来写这通讯。这一层是要请你们体恤怜悯的。

这信该收束了,我心中莫可名状,我觉得非常的荣幸!

冰　心

一九二三年七月二十五日

通讯七

亲爱的小朋友:

八月十七日的下午,约克逊号邮船无数的窗眼里,飞出五色飘扬的纸带,远远的抛到岸上,任凭送别的人牵住的时候,我的心是如何的飞扬而凄恻!

痴绝的无数的送别者，在最远的江岸，仅仅牵着这终于断绝的纸条儿，放这庞然大物，载着最重的离愁，飘然西去！

船上生活，是如何的清新而活泼。除了三餐外，只是随意游戏散步。海上的头三日，我竟完全回到小孩子的境地中去了，套圈子，抛沙袋，乐此不疲，过后又绝然不玩了。后来自己回想很奇怪，无他，海唤起了我童年的回忆，海波声中，童心和游伴都跳跃到我脑中来。我十分的恨这次舟中没有几个小孩子，使我童心来复的三天中，有无猜畅好的游戏！

我自少住在海滨，却没有看见过海平如镜。这次出了吴淞口，一天的航程，一望无际尽是粼粼的微波。凉风习习，舟如在冰上行。到过了高丽界，海水竟似湖光。蓝极绿极，凝成一片。斜阳的金光，长蛇般自天边直接到阑旁人立处。上自穹苍，下至船前的水，自浅红至于深翠，幻成几十色，一层层，一片片的漾开了来。……小朋友，恨我不能画，文字竟是世界上最无用的东西，写不出这空灵的妙景！

八月十八夜，正是双星渡河之夕。晚餐后独倚阑旁，凉风吹衣。银河一片星光，照到深黑的海上。远远听得楼阑下人声笑语，忽然感到家乡渐远。繁星闪烁着，海波吟啸着，凝立悄然，只有惆怅。

十九日黄昏，已近神户，两岸青山，不时地有渔舟往来。日本的小山多半是圆扁的，大家说笑，便道是"馒头山"。这馒头山沿途点缀，直到夜里，远望灯光灿然，已抵神户。船徐徐停住，便有许多人上岸去。我因太晚，只自己又到最高层上，初次看见这般璀璨的世界，天上微月的光，和星光，岸上的灯光，无声相映。不时的还有一串光明从山上横飞过，想是火车周行。……舟中寂然，今夜没有海潮音，静极心绪忽起："倘若此时母亲也在这里……"我极清晰的忆起北京来。小朋友，恕我，不能往下再写了。

冰　心

一九二三年八月二十日，神户

　　朝阳下转过一碧无际的草坡，穿过深林，已觉得湖上风来，湖波不是昨夜欲睡如醉的样子了。——悄然的坐在湖岸上，伸开纸，拿起笔，抬起头来，四围红叶中，四面水声里，我要开始写信给我久违的小朋友。小朋友猜我的心情是怎样的呢？

　　水面闪烁着点点的银光，对岸意大利花园里亭亭层列的松树，都证明我已在万里外。小朋友，到此已逾一月了，便是在日本也未曾寄过一字。说是对不起呢，我又不愿！

　　我平时写作，喜在人静的时候。船上却处处是公共的地方，舱面阑边，人人可以来到。海景极好，心胸却难得清平。我只能在晨间绝早，船面无人时，随意写几个字，堆积至今，总不能整理，也不愿草草整理，便迟延到了今日。我是尊重小朋友的，想小朋友也能尊重原谅我！

　　许多话不知从哪里说起，而一声声打击湖岸的微波，一层层的没上杂立的潮石，直到我蔽膝的毡边来，似乎要求我将她介绍给我的小朋友。小朋友，我真不知如何的形容介绍她！她现在横在我的眼前。湖上的月明和落日，湖上的浓阴和微雨，我都见过了，真是仪态万千。小朋友，我的亲爱的人都不在这里，便只有她——海的女儿，能慰安我了。Lake Waban, 谐音会意,我便唤她做"慰冰"。每日黄昏的游泛,舟轻如羽,水柔如不胜桨。岸上四围的树叶,绿的,红的,黄的,白的,一丛一丛的倒影到水中来,覆盖了半湖秋水。夕阳下极其艳冶,极其柔媚。将落的金光,到了树梢,散在湖面。我在湖上光雾中,低低的嘱咐它,带我的爱和慰安,一同和它到远东去。

小朋友!海上半月,湖上也过半月了,若问我爱哪一个更甚,这却难说。——海好像我的母亲,湖是我的朋友。我和海亲近在童年,和湖亲近是现在。海是深阔无际,不着一字,她的爱是神秘而伟大的,我对她的爱是归心低首的。湖是红叶绿枝,有许多衬托,她的爱是温和妩媚的,我对她的爱是清淡相照的。这也许太抽象,然而我没有别的话来形容了!

小朋友,两月之别,你们自己写了多少,母亲怀中的乐趣,可以说来让我听听吗?——这便算是沿途书信的小序。此后仍将那写好的信,按序寄上,日月和地方,都因其旧;"弱游"的我,如何自太平洋东岸的上海绕到大西洋东岸的波士顿来,这些信中说得很清楚,请在那里看罢!

不知这几百个字,何时方达到你们那里,世界真是太大了!

冰 心

一九二三年十月十四日,慰冰湖畔,威尔斯利

通讯十七

小朋友:

健康来复的路上,不幸多歧,这几十天来懒得很;雨后偶

然看见几朵浓黄的蒲公英,在匀整的草坡上闪烁,不禁又忆起一件事。

一月十九日晨,是雪后浓阴的天。我早起游山,忽然在积雪中,看见了七八朵大开的蒲公英。我俯身摘下握在手里,——真不知这平凡的草卉,竟与梅菊一样的耐寒。我回到楼上,用条黄丝带将这几朵缀将起来,编成王冠的形状。人家问我做什么,我说:"我要为我的女王加冕。"说着就随便的给一个女孩子戴上了。

大家欢笑声中,我只无言的卧在床上——我不是为女王加冕,竟是为蒲公英加冕了。蒲公英虽是我最熟识的一种草花,但从来是被人轻忽,从来是不上美人头的。今日因着情不可却,我竟让她在美人头上,照耀了几点钟。

蒲公英是黄色,叠瓣的花,很带着菊花的神意,但我也不曾偏爱她。我对于花卉是普遍的爱怜。虽有时不免喜欢玫瑰的浓郁和桂花的清远,而在我忧来无方的时候,玫瑰和桂花也一样的成粪土。在我心情怡悦的一刹那顷,高贵清华的菊花,也不能和我手中的蒲公英来占夺位置。

世上的一切事物,只是百千万面大大小小的镜子,重叠对照,反射又反射;于是世上有了这许多璀璨辉煌,虹影般的光彩。没有蒲公英,显不出雏菊,没有平凡,显不出超绝。而且不能因为大家都爱雏菊,世上便消灭了蒲公英;不能因为大家都敬礼超人,世上便消灭了庸碌。即使这一切都能因着世人的爱憎而生灭,只恐到了满山谷都是菊花和超人的时候,菊花的价值,反不如蒲公英,超人的价值,反不及庸碌了。

　　所以世上一物有一物的长处，一人有一人的价值。我不能偏爱，也不肯偏憎。悟到万物相衬托的理，我只愿我心如水，处处相平。我愿菊花在我眼中，消失了她的富丽堂皇，蒲公英也解除了她的局促羞涩，博爱的极端，翻成淡漠。但这种普遍淡漠的心，除了博爱的小朋友，有谁知道？

　　书到此，高天萧然，楼上风紧得很，再谈了，我的小朋友！

冰　心

一九二四年五月九日，沙穰疗养院

通讯二十七

小读者：

　　无端应了惠登大学（Wheaton College）之招，前天下午到梦野（Mansfield）去。

　　到了车站，看了车表，才知从波士顿到梦野是要经过沙穰的，我忽然起了无名的怅惘！

　　我离院后回到沙穰去看病友已有两次。每次都是很惘然，心中很怯，静默中强作微笑。看见道旁的落叶与枯枝，似乎一枝一叶都予我以"转战"的回忆！这次不直到沙穰去，态度似乎较客观些，而感喟仍是不免！我记得以前从医院的廊上，遥遥的能看见从林隙中穿过的白烟一线的火车。我记住地点，凝神远望，果然看见雪白的楼瓦，斜阳中映衬得如同琼宫玉宇一般……

　　清晨七时从梦野回来，车上又瞥见了！早春的天气，朝阳正暖，候鸟初来。我记得前年此日，山路上我的飘扬的春衣！

那时是怎样的止水停云般的心情呵！

小朋友！一病算得什么？便值得这样的惊心？我常常这般的问着自己。然而我多年不见的朋友，都说我改了。虽说不出不同处在哪里，而病前病后却是迥若两人。假如这是真的呢？是幸还是不幸，似乎还值得低徊罢！

昨天回来后，休息之余，心中只怅怅的，念不下书去。夜中灯下翻出病中和你们通讯来看。小朋友，我以一身兼作了得胜者与失败者，两重悲哀之中，我觉得我禁不住有许多欲说的话！

看见过力士搏狮么？当他屏息负隅，张空拳于狰狞的爪牙之下的时候，他虽有震恐，虽有狂傲，但他决不暇有萧瑟与悲哀。等到一阵神力用过，倏忽中掷此百兽之王于死的铁门之内以后，他神志昏聩地抱头颓坐。在春雷般的欢呼声中，他无力地抬起眼来，看见了在他身旁鬣毛森张，似余残喘的巨物。我信他必忽然起了一阵难禁的战栗，他的全身没在微弱与寂寞的海里！

一败涂地的拿破仑，重过滑铁卢，不必说他有无限的忿激，太息与激昂！然而他的激感，是狂涌而不是深微，是一个人都可抵挡得住。而建了不世之功，退老闲居的惠灵吞，日暮出游，驱车到此战争旧地，他也有一番激感！他仿佛中起了苍茫的怅惘，无主的伤神。斜阳下独立，这白发盈头的老将，在百番转战之后，竟受不住这闲却健儿身手的无边萧瑟！悲哀，得胜者的悲哀呵！

小朋友，与病魔奋战期中的我，是怎样的勇敢与喜乐！我做小孩子，我做Eskimo，我"足踏枯枝，静听着树叶微语"，我"试揭自然的帘幕，蹑足走入仙宫"。如今呢，往事都成陈迹！我

"终日矜持",我"低头学绣",我"如同缓流的水,半年来无有声响"。是的啊,"一回到健康道上,世事已接踵而来"！虽然我曾应许"我至爱的母亲"说:"我既绝对的认识了生命,我便愿低首去领略。我便愿遍尝了人生中之各趣;人生中之各趣,我便愿遍尝！——我甘心乐意以别的泪与病的血为贽,推开了生命的宫门。"我又应许小朋友说:"领略人生,要如滚针毡,用血肉之躯去遍挨遍尝,要它针针见血！……来日方长,我所能告诉小朋友的,将来或不止此。"而针针见血的生命中之各趣,是须用一片一片天真的童心去换来的。互相叠积传递之间,我还不知要预备下多少怯弱与惊惶的代价！我改了,为了小朋友与我至爱的母亲,我十分情愿屈服于生命的权威之下。然而我愿小朋友倾耳听一听这弱者,失败者的悲哀！

在我热情忠实的小朋友面前,略消了我胸中块垒之后,我愿报告小朋友一个大家欢喜的消息。这时我的母亲正在东半球数着月亮呢！再经过四次月圆,我又可在母亲怀里,便是小朋友也不必耐心的读我一月前,明日黄花的手书了！我是如何的喜欢呵！

小朋友,我觉得对不起！我又以悱恻的思想,贡献给你们。然而我的"诗的女神"只是一个"满蕴着温柔,微带着忧愁"的,就让她这样的抒写也好。

敬祝你们的喜乐与健康！

冰　心

一九二六年三月十二日,娜安辟迦楼

再寄小读者(1942—1944)(节选)

通讯二

小朋友：

今天让我们来谈"友谊"。

友谊是人我关系中最可宝贵的一段因缘——朋友虽列于五伦之末，而朋友的范围却包括得最广，你的君、臣（现在可以说是领袖、上司）、父、子、兄、弟、夫、妇，同时都可以是你的朋友。

朋友是不分国籍，不限年龄，不拘性别的；只要理想相同，兴趣相近，情感相洽，意气相投的人，都可以很坚固的联结在一起。世界上有多少崇高理想的实现，艰巨事业的创立，伟大艺术的产生，都是一班志同道合的朋友，共同努力，相互切磋的结果。这种例子，在中外古今的历史上，是到处可以找到的。

同时，不但相似相同的人格，容易成为朋友，而朋友往往还是你空虚的填满，缺憾的补足，心灵的加深——你自己率直豪爽，你更佩服你朋友的谦退深沉；你自己热情好动，你更欣赏你朋友的冲淡静默；你自己多愁善病，你更羡慕你朋友的健硕欢欣。各种不同的人格，如同琴瑟上不同的弦子，和谐合奏，就能发出天乐般悦耳的共鸣。

交友是一种艺术。

热情,活泼,而富于同情心的人,常常能吸引许多朋友,而磁石只吸引着钢铁,月亮只吸引着海潮。

你能择友,则你的朋友将加倍的宝贵你的友情。

不要只想你能从朋友那里得到什么,也要想你的朋友能从你这里得到什么。

肯耕种的才有收获,能贡献的才配接受。

友谊是宁神药,是兴奋剂。

使你堕落,消沉的,不是你的好朋友。同时也要警惕,你是否在使你的朋友奋兴,向上?

友谊是大海中的灯塔,沙漠里的绿洲。

当你的心帆飘流于"理""欲"的三叉江口,波涛汹涌,礁石嶙峋,你要寻望你朋友的一点隐射的灵光,来照临,来指引。当你颠顿在人生枯燥炎热的旅途上,你的辛劳,你的担负,得不到一些酬报和支持的时候,你要奔憩在你朋友的亭亭绿荫之下,就饮于荡涤烦秽的甘泉。

古人有句说:"最难风雨故人来",——不但气候上有风雨,心灵上也有风雨!

你的心灵曾否走失于空山荒野之中,风吹雨打,四顾茫茫,忽然有你的朋友,开启了"同情"的柴扉,延请你进入他"爱"的茅庐,卸去你劳苦的蓑衣,拭去你脸上的泪雨,而把你推坐在"友情"的温暖炉火之前。

同时你也常常开着同情的心门,生起友爱的炉火,在屋前瞭望。

友谊中只有快乐,只有慰安,只有奋兴,只有连结。

友谊中虽然也有痛苦,古人的诗文中,不少伤逝惜别之句,然而友谊是不死的,友谊是不因离别而断隔的。"海内存知己,天涯若比邻""得一知己,可以无恨",这痛苦里是没有"寂寞"的,因为我们已经享有了那些朋友的友情!"寂寞"——心灵上的孤独,才是世界上最可怕的东西!

小朋友,在人生路上,我们虽然是孤身启程,而沿途却逐渐加入了许多同行的好伴,形成了一个整齐的队伍,并肩携手,载欣载奔,使我们克服了世路的险峻崎岖,忘却了长行的疲乏劳顿,我们要如何感谢人世间有这一种关系,这一段因缘?

愿你们永远是我的好朋友,假如我配,就请你们也让我做你们的好朋友。

冰 心

一九四二年十二月二十二日,重庆

通讯四

亲爱的小朋友:

一位从军的小朋友,要我谈生命,这问题很费我思索。

我不敢说生命是什么,我只能说生命像什么。

生命像东流的一江春水,它从最高处发源,冰雪是它的前身。它聚集起许多细流,合成一股有力的洪涛,向下奔注,它曲折的穿过了悬岩削壁,冲倒了层沙积土,挟卷着滚滚的沙石,快乐勇敢的流走,一路上它享乐着它所遭遇的一切——

有时候它遇到巉岩前阻,它愤激的奔腾了起来,怒吼着,回旋着,前波后浪的起伏催逼,直到它涌过了,冲倒了这危崖,它才心平气和的一泻千里。

有时候它经过了细细的平沙,斜阳芳草里,看见了夹岸红艳的桃花,它快乐而又羞怯,静静的流着,低低的吟唱着,轻轻的度过这一段浪漫的行程。

有时候它遇到暴风雨,这激电,这迅雷,使它心魂惊骇,疾风吹卷起它,大雨击打着它,它暂时浑浊了,扰乱了,而雨过天晴,只加给它许多新生的力量。

有时候它遇到了晚霞和新月,向它照耀,向它投影,清冷中带些幽幽的温暖:这时它只想憩息,只想睡眠,而那股前进的力量,仍催逼着它向前走……

终于有一天,它远远地望见了大海,呵!它已到了行程的终结,这大海,使它屏息,使它低头。她多么辽阔,多么伟大!多么光明,又多么黑暗!大海庄严的伸出臂儿来接引它。它一声不响的流入她的怀里。它消融了,归化了,说不上快乐,也没有悲哀!

也许有一天,它再从海上蓬蓬的雨点中升起,飞向西来,再形成一道江流,再冲倒两旁的石壁,再来寻夹岸的桃花。

然而我不敢说来生,也不敢信来生!

生命又像一棵小树,它从地底里聚集起许多生力,在冰雪下欠伸,在早春润湿的泥土中,勇敢快乐的破壳出来。它也许长在平原上，岩石中，城墙里，只要它抬头看见了天，呵，看见了天！它便伸出嫩叶来吸收空气，承受日光，在雨中吟唱，在风中跳舞。它也许受着大树的荫遮，也许受着大树的覆压，而它青春生长的力量，终使它穿枝拂叶的挣脱了出来，在烈日下挺立抬头！

它过着骄奢的春天，它也许开出满树的繁花，蜂蝶围绕着它飘翔喧闹，小鸟在它枝头欣赏唱歌，它会听见黄莺清吟，杜鹃啼血，也许还听见枭鸟的怪噪。

它长到最茂盛的中年，它伸展出它如盖的浓荫，来荫庇树下的幽花芳草，它结出累累的果实，来呈现大地无尽的甜美与芳馨。

秋风起了，将它的叶子，由浓绿吹到绯红，秋阳下它再有一番的庄严灿烂，不是开花的骄傲，也不是结果的快乐，而是成功后的宁静的怡悦！

终于有一天，冬天的朔风，把它的黄叶干枝，卷落吹抖，它无力的在空中旋舞，在根下呻吟。大地庄严的伸出手儿来接引它，它一声不响的落在她的怀里。它消融了，归化了，它说不上快乐，也没有悲哀！

也许有一天，它再从地下的果仁中，破裂了出来，又长成一棵小树，再穿过丛莽的严遮，再来听黄莺的歌唱。

然而我不敢说来生，也不敢信来生。

宇宙是一个大生命，我们是宇宙大气中之一息。江流入海，叶落归根，我们是大生命中之一叶，大生命中之一滴。

在宇宙的大生命中，我们是多么卑微，多么渺小，而一滴一叶，也有它自己的使命！

要知道：生命的象征是活动，是生长，一滴一叶的活动生长，合成了整个宇宙的进化运行。

要记住：不是每一道江流都能入海，不流动的便成了死湖；不是每一粒种子都能成树，不生长的便成了空壳！

生命中不是永远快乐，也不是永远痛苦，快乐和痛苦是相生相成的。等于水道要经过不同的两岸，树木要经过常变的四时。

在快乐中我们要感谢生命，在痛苦中我们也要感谢生命。快乐固然兴奋，苦痛又何尝不美丽？我曾读到一个警句，是："愿你生命中有够多的云翳，来造成一个美丽的黄昏。" ——（May there be enough clouds in your life to make a beautiful sunset.）

世界，国家和个人生命中的云翳，没有比今天再多的了。

小朋友，我们愿不愿意有一个成功后快乐的回忆，就是这位诗人所谓之"美丽的黄昏"？

祝福你的朋友　冰　心

一九四四年十二月一日，雨夜，歌乐山

再寄小读者（1958—1960）（节选）

通讯一

似曾相识的小朋友们：

先感谢《人民日报》副刊编辑的一封信，再感谢中国作协的号召，把我的心又推进到我的心窝里来了！

二十几年来，中断了和你们的通讯，真不知给我自己带来了多少的惭愧和烦恼。我有许多话，许多事情，不知从何说起，因为那些话，那些事情，虽然很有趣，很动人，但却也很零乱，很片断，写不出一篇大文章，就是写了，也不一定就是一篇好文章，因此这些年来，从我心上眼前掠过的那些感受，我也就忍心地让它滑出我的记忆之外，淡化入模糊的烟雾之中。

在这不平常的春天里，我又极其真切，极其炽热地想起你们来了。我似乎看见了你们漆黑发光的大眼睛，笑嘻嘻的通红而略带腼腆的小脸。你们是爱听好玩有趣的事情的，不管它多么零碎，多么片断。你们本来就是我写作的对象，这一点是异常地明确的！好吧，我如今再拿起这支笔来，给你们写通讯。不论我走到哪里，我要把热爱你们的心，带到那里！我要不断地写，好好地写，把我看到听到想到的事情，只要我觉得你们会感兴趣,会对你们有益的,我都要尽量地对你们倾吐。安心地等待着吧,我的小朋友!

自从决心再给你们写通讯,我好几夜不能安眠。今早四点钟就醒了,睁开眼来是满窗的明月! 我忽然想起不知是哪位古诗人写的一首词的下半阕,是:"卷地西风天欲曙,半帘残月梦初回,十年消息上心来。"就是说:在天快亮的时候,窗外刮着卷地的西风,从梦中醒来看见了淡白的月光照着半段窗帘;这里"消息"两个字,可以当作"事情"讲,就是说,把十年来的往事,一下子都回忆起来了!

小朋友,从我第一次开始给你们写通讯算起,不止十年,乃是三十多年了。这三十多年之中,我们亲爱的祖国,经过了多大的变迁! 这变迁是翻天覆地的,从地狱翻上了天堂,而且一步一步地更要光明灿烂。我们都是幸福的! 我总算赶上了这个时代,而最幸福的还是你们,有多少美好的日子等着你们来过,更有多少伟大的事业等着你们去做啊!

我在枕上的心境,和这位诗人是迥不相同的! 虽然也有满窗的明月,而窗外吹拂的却是和煦的东风。一会儿朝阳就要升起,祖国方圆九百多万平方公里的土地上,将要有六亿人民满怀愉快和信心,开始着和平的劳动。小朋友们也许觉得这是日常生活,但是在三十年前,这种的日常生活,是我所不能想象的!

我鼻子里有点发辣,眼睛里有点发酸,但我决不是难过。你们将来一定会懂得我这时这种兴奋的心情的——这篇通讯就到此为止吧,让我再重复初寄小读者通讯一的末一句话:

"我心中莫可名状,我觉得非常的荣幸!"

你的好朋友　冰　心

一九五八年三月十一日,北京

通讯四

亲爱的小朋友:

自从三月二十一日离开祖国,时间不过十多天,在我仿佛已经过了多少年月! 一来是这十多天之中,我们已经飞跃过好几个亚洲和欧洲的国家;二来是祖国的进步,一日千里。这十多天之中,不知又发现了多少新的资源,增多了多少个发明创造! 这一切,都使国外的"游子",不论何时想起,都有无限的兴奋!

欧洲本是我旧游之地,没有什么特别新鲜的感觉,现在只挑出途中最突出的奇丽的景物,来对小朋友们说一说。

首先是三月二十四日黄昏,从瑞士坐火车到意大利的一段,一路沿着阿尔卑斯山脚蜿蜒行来,山高接天,白雪皑皑,山顶上悬着一钩淡黄色的新月。火车飞速前进,窗外转过的一座雪山接着一座雪山,如同一架长长的大理石的屏风,横列在我们的眼前! 天色渐渐地暗了下来,高高的雪山上,零乱地出现了星星点点的橘红色的灯光,一片清凉之中,给人以无限的温暖的感觉。

二十五日一觉醒来,我们已深入意大利的国境了。

意大利是南欧一个富有文化而又美丽的国家,它的地形,像一只伸入地中海的靴子，三面临海，气候温和。在瑞士山中还是雪深数寸的时候，这里的田野上已是桃李花开了！我们先到达意大利的京城——罗马。这是一座建在七座小山上的古城，街道高低起伏，到处可以看见古罗马的遗迹，颓垣断柱，杂立于现代建筑之间。街道上转弯抹角，到处还可以看淙淙的喷泉，泉座上都有神、人、鱼、兽的雕像，在片片光影之中，栩栩如生。

二十六日晨我们到了意大利西海岸的那坡里城，这也是一座很美丽的海边城市。但是我要为小朋友描述的，却是离那坡里四十里远的旁贝，那是将近两千年前，被火山喷发的熔岩和热尘所掩埋的古城。在一八六〇年以后，才被发掘出来的。

背山临海的旁贝城，在纪元前六世纪——我们春秋战国的时候——就已经建立起来了。到了纪元前八十年——我们的汉代——这里成为罗马贵族豪门的别墅区，人口多至两万五千人。纪元后七九年的八月，城后的维苏威火山，忽然爆发了！漫天的灼热的灰尘，和喷涌的沸腾的熔岩，在两三日之中，将这座豪华的市镇，深深地封闭了。大多数居民幸得突围而出，而老、弱、囚犯，葬身于热尘火海之中的，至少还有两千人左右。

我们在废墟上巡礼：这里的房舍，绝大部分，都没有屋顶了，只有根根的断柱和扇扇的颓垣，矗立于阳光之下！石块铺成的道路，还有很深的车辙的痕迹。这市上有广场，有神庙，有大厅，有法院，有城堡……街道两旁还有酒店和浴堂。酒店里遗留着一排一排的陶制的酒缸；浴堂里有大理石砌成的冷热浴池，化妆室，按摩床，墙上还有石雕和壁画。屋宇尤其讲究：院里有喷泉，有雕像，层层的居室里，都有红黄黑三色画成的壁画，鲜艳夺目！后花园也很宽大，点缀的石像也很多，想当年花木葱茏的时节，景物一定很美。最使我感到惊奇的，就是这些房屋里，已经有铅制的水管和水龙头。导游的人告诉我，旁边的水道，是直通罗马的。

这里的博物院里，还看到发掘出来的，很精致的金银陶瓷和玻璃制成的日用器皿，以及金珠首饰。此外还有人兽的残骸，形状扭曲，可以想见临死前的挣扎和痛苦。

小朋友，上面的几段，是陆续写成的，中间已经过意大利南部和西西里岛的几个城市。沿途的海景，是描写不完的；而最难描述的，还是意大利人民对于中国的热爱和向往！我们到处受到最使人感动的欢迎，尤其是在中小城市，工农群众的款待，最为真挚而热烈！一束一束的递到我们手里的鲜花，如玫瑰，石竹，郁金香……替他们说出了许多话语。在群众的集会上，向我们献花的，都是最可爱的意大利小朋友。从他们嘴里叫出的"友谊"和"和平"，那清脆的声音，几乎是神圣的，使我们不自主地涌上了感动的眼泪！

我们在昨天又渡海回到意大利本土，沿着地图上的靴尖、靴跟，直上到东海岸的巴利城。今夜又要回到罗马去了。趁着一天的访问日程还没有开始，面对着窗外晨光熹微的大海和轻盈飞掠的海鸥，给小朋友们写完这一封信。我知道小朋友们是会关心我的旅程，而且是急待我的消息的，但是也请你们体谅到我们旅行的匆忙！外面有人在敲门，这信必须结束了,我的心永远和你们在一起,深深地祝福你们!

你的朋友　冰　心

一九五八年四月四日,意大利,巴利城

通讯十三

亲爱的小朋友:

暑假又来到了,你们的读书计划早已订下了吧!

小朋友们不都是爱看故事书的吗?尤其是年纪较小的孩子,更喜欢看或者听关于动物的故事,比如猪哥哥啦,兔妹妹啦……当我们看到听到这些故事的时候,我们的脑子里不就立刻涌现出这些动物肥肥胖胖、蹦蹦跳跳、善良活泼的形象吗?这些形象是多么可爱呵。

天下的儿童都是一样的,不论是中国、英国或美国的儿童,都喜欢看生动有趣的故事和动物的性格结合起来的各种书画。但是在号称自由民主的美国,他们的作家却不能自由地写书,美国的小朋友也不能自由地看动物故事!他们禁止这些书,并不是因为书里的小动物有什么不好的行为,而是因为它们皮毛的颜色是黑的。

小朋友们,你觉得奇怪吗?事情是这样的:不久以前,在美国南方的亚拉巴马州,有一本儿童读物,叫作《小兔的婚礼》,里面说的是一只小黑兔和一只小白兔结婚的故事,这下大大地激怒了一些议员先生,他们在州议会上提出要禁止这本书。后来因为这个提议受到世界人民的讪笑,才暂时停止了。六月下旬,美国南方的佛罗里达州的一些议员,又在议会上提出要查禁一本叫作《三只小猪》的儿童读物。这故事里面有白的、花的、黑的三只小猪,被一只凶恶的狼捉住了。小黑猪最聪明,它乘狼不备,赶快逃掉。小花猪和小白猪没逃出去,就被狼吃了。

这样的两本浅显的儿童读物,居然会在隆重的州议会上被提出要求查禁,真是极其荒唐极其可笑的事情。但是从这件事情上面,也反映出了一个很重要的问题:就是美国有些白种人,对于国内一千七百多万黑种人的歧视和迫害,已经到了多么严重的地步!这真使世界上一切爱好自由平等、有正义感的人们,感到极端的愤怒!

美国的黑人在自己国家里的地位,是比白种人低下的。他们在生活上受到种种的限制,并且还受到严重的迫害。比方说,他们不能和白人一起坐车,一起上学,一起开会,一起居住,一起吃饭……总而言之,他们是被"隔离"起来的,他们必须躲开白人,在一切的生活权利上给白人让路。假如不这样做,他们就要受到最残酷的迫害,他们会毫无保障地被白人枪杀,吊死,烧死,挨打受骂更是不必提的了。因为美国的白种人认为黑种人肤色黑,因此智力也低,说他们是劣等民族,绝对不能和白人平起平坐,生活在一处的。

按照这个"道理",于是上面说的那两本儿童读物,在有些白种人眼中,就犯了不可饶恕的错误了。小黑兔怎么胆敢和小白兔结婚呢?小黑猪怎么会比小白猪更聪明呢?凡是毛色黑的,都是劣等动物啊!

小朋友,生活在自由幸福环境里的中国儿童,能够想象世界上还有这样蛮不讲理的事情吗?

以美帝国主义为首的殖民主义集团,把黑种的非洲人,和白种人以外的有色人种,都作为他们歧视和迫害的对象!小朋友,你们有的没有赶上看到殖民主义者在我们国土上、领海上那种无法无天的暴行;或者看到的已经记不清了……但是,可别忘了,美帝国主义还占据着我们的领土台湾呢!

现在,在亚洲,比如日本,在非洲,比如乌干达……还有许许多多的地方,这些国家里的人民,都在为反抗殖民主义者的歧视和迫害而不断斗争着。我们深信一切受压迫的人们,会把骑在他们头上的恶魔摔到地下去的。但是他们在斗争的道路上,还会碰到许多的困难和挫折,我们绝不能让美国的黑人小朋友们,以及日本、乌干达等地的小朋友们,在他们的艰苦斗争中感到无助和孤单,我们要时时刻刻地想到他们,我们要响应每一个反对战争保卫和平的号召,在促进国际的团结和友谊上,尽上我们自己的一份力量……什么时候和平的力量大过战争的力量,帝国主义殖民主义者就在什么时候偃旗息鼓、退败下去,被压迫的民族就会翻身,连美国的儿童读物上的小黑兔、小黑猪……也都可以在书页上自由地和小朋友见面了,那不是一件大大痛快的事情吗?

下次再谈吧!祝你们快乐。

你的朋友 冰 心

一九五九年七月七日,北京

三寄小读者(1978—1980)(节选)

通讯四

亲爱的小朋友：

这些年来，尤其是最近，我常常收到小朋友们的来信，问我怎样才能写好作文。我真觉得一时无从说起，而且每一个小朋友的具体情况不同，我也不能一一作答。我想来想去，只能从我自己的写作经验和实践说起。

首先，创作来源于生活，没有生活中的真情实事，写出来的东西就不鲜明，不生动；没有生活中真正感人的情境，写出来的东西，就不能感人。古人说"情文相生"，也就是说真挚的感情，产生了真挚的文字。那么，从真实的生活中，把使你喜欢或使你难过的事情，形象地反映出来，自然就会写成一篇比较好的文章。

许多小朋友问道："我遇到过许多使我感动的事情，心里也有许多感想，可就是有'意思'没有'词儿'，怎样办？"那么，从我自己的经验来说，除了多看书多借鉴之外，没有别的办法。

小朋友比我幸福多了！我小的时候，旧社会很少有为儿童编写的读物，也很少适宜于儿童阅读的东西。我只在大人的书架上乱翻,勉强看得懂的,就抽出来看,那些书也不过是《西游记》《水浒传》《三国演义》之类,以后就是些唐诗、宋词,以及《古文观止》,等等,但是现在想起来,也就是这些古书,给了我很大的益处。

毛主席教导我们说:"我们必须继承一切优秀的文学艺术遗产,批判地吸收其中一切有益的东西,作为我们从此时此地的人民生活中的文学艺术原料创造作品时候的借鉴。有这个借鉴和没有这个借鉴是不同的,这里有文野之分,粗细之分,高低之分,快慢之分。"我自己对于毛主席这段话的体会是:借鉴前人的文章诗词,至少可以丰富我们的词汇,使得我们在写情写境的时候,可以写得更简练些,更鲜明些,更生动些。

"四人帮"打倒了,不但有更多的少年儿童刊物和读物出版了,还有许多在"四人帮"横行时候,不能再版的现代作品,如《刘白羽散文选》,以及"四人帮"打倒了之后的新作品,如刘心武老师的《母校留念》短篇小说集等也出版了。我只举了以上两本,其他还有许许多多,有待于小朋友自己去翻阅了——此外,重新出版了《唐诗选》《宋词选》《古文观止》等古书,这些古代作品,都是经过精选的,有机会可以拿来看看,不懂的地方可以看注解,还可以问老师;最方便的还是自己会用工具书,如查《新华字典》,或《辞海》《辞源》。一个词或字,经过自己去查去找,也更容易记住。

就这样,你看的书多了,可以借鉴的东西也多了,你的词汇就丰富了。当你写一篇作文,如《我的第一位老师》的时候,你的第一位老师的形象,微笑地站在你的面前,你就会运用你新学到的词汇,来描写她的容貌、声音、语言、行动。因为你写的是你所熟悉的真人真事,而你写得又那样地鲜明生动,那自然就是一篇好文章。当你写一篇作文,如《动物园的一天》,你就会用你新学到的词汇,来描写出你所看到的鸟、兽、虫、鱼;花、草、树、木的种种的颜色、动作和声音。因为你形容得那么逼真、活泼,就一定会得到读者的欣赏和共鸣。这就是"情文相生"的另一方面!

小朋友,炎暑过去了,学校又开学了。我能体会到你们见到老师和同学们,以及捧着新课本时的欢喜情绪,这都是鼓舞你们向科学文化进军的力量。我希望你们不但要好好学习课内的书,有空的时候,也多看些课外的书,比如说,像我在上面提到的那一些。这不但是为帮助你写好作文,最重要的还是扩大你的知识面。知识就是力量,我们社会主义祖国的接班人,就需要这种力量,是不是?

希望你们爱书,好书永远是我们最好的朋友!

你们的朋友　冰　心

一九七八年九月七日

通讯六

亲爱的小朋友:

窗外一声爆竹,把我从沉思中惊醒了,往窗外看时,我看见一个小朋友正在雪地上放爆竹呢。他只有七八岁光景,穿着一件蓝色棉猴,蹲在地上,把手臂伸得长长地在点一支立在地上的鞭炮。远远地还站着一个穿着红色棉猴的小女孩，大概是他的妹妹吧。她双手捂着耳朵，充满着惊喜的双眼却注视着那嘶嘶发声的鞭炮……多么生动而可爱的一幅图画啊！这使我想起我小的时候，每到新春季节，总会看见人家门口贴的红纸春联，上面有的写着"爆竹一声除旧，桃符万户更新"——桃符就是春联的别名——这对春联，到现在也还有其现实的意义，就是说一声巨响的爆竹，一阵浓烈的硝烟，扫除了阻碍我们前进的一切旧的东西，比如说，封建主义、官僚主义；之后，家家户户的春联还要写上他们自己迎接新春的最新最好的决心和愿望，这不但是鞭策自己，也是鼓励别人！小朋友，一九七九年来到了，我们最新最美的决心和愿望是什么呢？

党的三中全会，向我们号召说："全党工作的着重点应该从一九七九年转移到社会主义现代化的建设上来。"小朋友，你们都是社会主义现代化的后备军，今天，你们的着重点应该放在哪里呢？

四个现代化关键在科技，基础在教育，而中小学的教育更是基础的基础！那么，在中小学的课程里，哪一门是最重要的呢？我觉得最重要的还应当是语文！

文字是写在纸上的语言。认不清、看不懂文字就等于视而不见的瞎子；写不出、写不好文字就等于说不出话的哑巴。生活在旧社会的广大劳动人民所吃过的不识字的苦，我们听到看到的难道还少吗？

有好几位数、理、化的教师，都恳切地对我谈过，学生如不把语文学好，就看不懂数、理、化的书本和习题，对于他所认为最重要的数、理、化课程，就不会有很好的理解。他们感慨地说："数、理、化学不好，拉了四个现代化的后腿，而语文学不好就拉了数、理、化的后腿。"他们讲得多么深刻啊！

学习语文本来就是要培养我们识字、阅读和写作的能力，这是在四个现代化长征路上最起码的武装。语文又是一切装备中，最锐利的武器。语文学好了，工作才能做好，才能精益求精，学外语也是如此。还有，无论外语学得多好，如果不在本国语文上下功夫，也就不能把外语翻译得准确、鲜明、生动，也就不能收到"洋为中用"的效果！

要学好语文，上课、听讲、做作业，当然是主要的，但这还不够。我们一定要把学习语文的门户开得大大的，除了课本之外，各人要自己找书看，看到好书后，同学之间还要互相介绍，也要向老师和家长请教。

小朋友，切不可把看书当作一种负担，看书是一种快乐，一种享受。苏联文学家高尔基曾经这样说过："我兴奋地、惊异地阅读了许多书，但这些书并没有使我脱离现实，反而加强了我对现实的兴趣，提高了观察、比较的能力，燃起了我对生活知识的渴望。"你一旦进入了生活知识的宝库，你就会感到又喜又惊，流连忘返。而你从这宝库里所探到的一切，就会把你"全副披挂"了起来，使你能在社会主义现代化的长征路上，成为一个无比坚强的战士。

让我告诉你们一个大好的消息：全国少年儿童读物出版工作会议，拟定了一个一九七八年至一九八〇年部分重点少儿读物出版的规划。拟定出版的图书有：《少年百科全书》《小学生文库》《少年自然科学丛书》《少年科学画册》以及《外国儿童文学名著》等将近三十套。我们有了已经出版的许多儿童读物，再加上这将近三十套的图书，在将来的三年中，就尽够你们在知识的海洋中游泳的了。不是吗？

　　我在充满了希望与喜悦的心情之中，向你们祝贺，愿你们过一个健康快乐的春节！

　　　　　　　　　　　你们的朋友　冰　心

　　　　　　　　　　　一九七八年十二月三十日

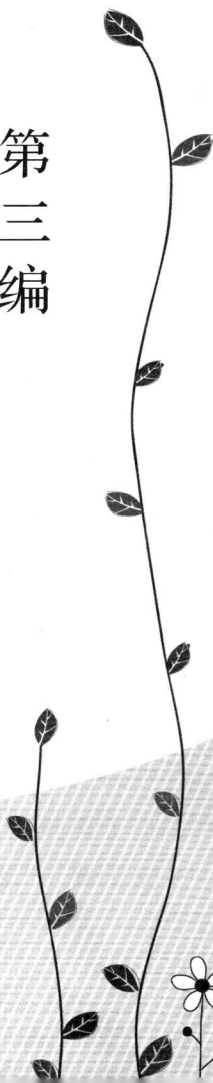

第三编

小橘灯

小 橘 灯

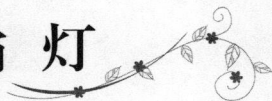

这是十几年以前的事了。

在一个春节前一天的下午，我到重庆郊外去看一位朋友。她住在那个乡村的乡公所楼上。走上一段阴暗的仄仄的楼梯，进到一间有一张方桌和几张竹凳、墙上装着一架电话的屋子，再进去就是我的朋友的房间，和外间只隔一幅布帘。她不在家，窗前桌上留着一张条子，说是她临时有事出去，叫我等着她。

我在她桌前坐下，随手拿起一张报纸来看，忽然听见外屋板门吱地一声开了，过了一会儿，又听见有人在挪动那竹凳子。我掀开帘子，看见一个小姑娘，只有八九岁光景，瘦瘦的苍白的脸，冻得发紫的嘴唇，头发很短，穿一身很破旧的衣裤，光脚穿一双草鞋，正在登上竹凳想去摘墙上的听话器，看见我似乎吃了一惊，把手缩了回来。我问她："你要打电话吗？"她一面爬下竹凳，一面点头说："我要××医院，找胡大夫，我妈妈刚才吐了许多血！"我问："你知道××医院的电话号码吗？"她摇了摇头说："我正想问电话局……"我赶紧从机旁的电话本子里找到医院的号码，就又问她："找到了大夫，我请他到谁家去呢？"她说："你只要说王春林家里病了，她就会来的。"

我把电话打通了，她感激地谢了我，回头就走。我拉住她问："你的家远吗？"她指着窗外说："就在山窝那棵大黄果树下面，一下子就走到的。"说着就登、登、登地下楼去了。

我又回到里屋去，把报纸前前后后都看完了，又拿起一本《唐诗三百首》来，看了一半，天色越发阴沉了，我的朋友还不回来。我无聊地站了起来，望着窗外浓雾里迷茫的山景，看到那棵黄果树下面的小屋，忽然想去探望那个小姑娘和她生病的妈妈。我下楼在门口买了几个大红橘子，塞在手提袋里，顺着歪斜不平的石板路，走到那小屋的门口。

我轻轻地叩着板门，刚才那个小姑娘出来开了门，抬头看了我，先愣了一下，后来就微笑了，招手叫我进去。这屋子很小很黑，靠墙的板铺上，她的妈妈闭着眼平躺着，大约是睡着了，被头上有斑斑的血痕，她的脸向里侧着，只看见她脸上的乱发，和脑后的一个大髻。门边一个小炭炉，上面放着一个小砂锅，微微地冒着热气。这小姑娘把炉前的小凳子让我坐了，她自己就蹲在我旁边，不住地打量我。我轻轻地问："大夫来过了吗？"她说："来过了，给妈妈打了一针……她现在很好。"她又像安慰我似的说："你放心，大夫明早还要来的。"我问："她吃过东西吗？这锅里是什么？"她笑说："红薯稀饭——我们的年夜饭。"我想起了我带来的橘子，就拿出来放在床边的小矮桌上。她没有作声，只伸手拿过一个最大的橘子来，用小刀削去上面的一段皮，又用两只手把底下的一大半轻轻地揉捏着。

我低声问："你家还有什么人？"她说："现在没有什么人，我爸爸到外面去了……"她没有说下去，只慢慢地从橘皮里掏出一瓣一瓣的橘瓣来，放在她妈妈的枕头边。

炉火的微光，渐渐地暗了下去，外面变黑了。我站起来要走，她拉住我，一面极其敏捷地拿过穿着麻线的大针，把那小橘碗四周相对地穿起来，像一个小筐似的，用一根小竹棍挑着，又从窗台上拿了一段短短的蜡头，放在里面点起来，递给我说："天黑了，路滑，这盏小橘灯照你上山吧！"

我赞赏地接过，谢了她，她送我出到门外，我不知道说什么好，她又像安慰我似的说："不久，我爸爸一定会回来的。那时我妈妈就会好了。"她用小手在面前画一个圆圈，最后按到我的手上："我们大家也都好了！"显然的，这"大家"也包括我在内。

我提着这灵巧的小橘灯，慢慢地在黑暗潮湿的山路上走着。这朦胧的橘红的光，实在照不了多远，但这小姑娘的镇定、勇敢、乐观的精神鼓舞了我，我似乎觉得眼前有无限光明！

我的朋友已经回来了，看见我提着小橘灯，便问我从哪里来。我说："从……从王春林家来。"她惊异地说："王春林，那个木匠，你怎么认得他？去年山下医学院里，有几个学生，被当作共产党抓走了，以后王春林也失踪了，据说他常替那些学生送信……"

当夜，我就离开那山村，再也没有听见那小姑娘和她母亲的消息。

但是从那时起，每逢春节，我就想起那盏小橘灯。十二年过去了，那小姑娘的爸爸一定早回来了。她妈妈也一定好了吧？因为我们"大家"都"好"了！

（选自1957年1月31日《中国少年报》）

笑

雨声渐渐的住了,窗帘后隐隐的透进清光来。推开窗户一看,呀!凉云散了,树叶上的残滴,映着月儿,好似萤光千点,闪闪烁烁的动着。——真没想到苦雨孤灯之后,会有这么一幅清美的图画!

凭窗站了一会儿,微微的觉得凉意侵人。转过身来,忽然眼花缭乱,屋子里的别的东西,都隐在光云里;一片幽辉,只浸着墙上画中的安琪儿。——这白衣的安琪儿,抱着花儿,扬着翅儿,向着我微微的笑。

"这笑容仿佛在哪儿看见过似的,什么时候,我曾……"我不知不觉的便坐在窗口下想,——默默的想。

严闭的心幕,慢慢的拉开了,涌出五年前的一个印象。——一条很长的古道。驴脚下的泥,兀自滑滑的。田沟里的水,潺潺的流着。近村的绿树,都笼在湿烟里。弓儿似的新月,挂在树梢。一边走着,似乎道旁有一个孩子,抱着一堆灿白的东西。驴儿过去了,无意中回头一看。——他抱着花儿,赤着脚儿,向着我微微的笑。

"这笑容又仿佛是哪儿看见过似的!"我仍是想——默默的想。

又现出一重心幕来,也慢慢的拉开了,涌出十年前的一个印象。——茅檐下的雨水,一滴一滴的落到衣上来。土阶边的水泡儿,泛来泛去的乱转。门前的麦垄和葡萄架子,都濯得新黄嫩绿的非常鲜丽。——一会儿好容易雨晴了,连忙走下坡儿去。迎头看见月儿从海面上来了,猛然记得有件东西忘下了,站住了,回过头来。这茅屋里的老妇人——她倚着门儿,抱着花儿,向着我微微的笑。

这同样微妙的神情,好似游丝一般,飘飘漾漾的合了拢来,绾在一起。

这时心下光明澄静,如登仙界,如归故乡。眼前浮现的三个笑容,一时融化在爱的调和里看不分明了。

一九二〇年

往 事（节选）
——生命历史中的几页图画

（一）

在别人只是模糊记着的事情，
 然而在心灵脆弱者，
 已经反复而深深地
  镂刻在回忆的心版上了！

索性凭着深刻的印象，
 将这些往事
 移在白纸上罢——
再回忆时
 不向心版上搜索了！

一

将我短小的生命的树，一节一节的斩断了，圆片般堆在童年的草地上。我要一片一片地拾起来看；含泪的看，微笑的看，口里吹着短歌的看。

难为他装点得一节一节，这般丰满而清丽！

我有一个朋友，常常说，"来生来生！"……但我却如此说："假如生命是乏味的，我怕有来生。假如生命是有趣的，今生已是满足的了！"

第一个厚的圆片是大海；海的西边，山的东边，我的生命树在那里萌芽生长，吸收着山风海涛。每一根小草，每一粒沙砾，都是我最初的恋慕，最初拥护我的安琪儿。

这圆片里重叠着无数快乐的图画，憨嬉的图画，寂寞的图画，和泛泛无着的图画。

放下吧，不堪回忆！

第二个厚的圆片是绿阴；这一片里许多生命表现的幽花，都是这绿阴烘托出来的。有浓红的，有淡白的，有不可名色的……

晚晴的绿阴，朝雾的绿阴，繁星下指点着的绿阴，月夜花棚秋千架下的绿阴！

感谢这曲曲屏山！它圈住了我许多思想。

第三个厚的圆片，不是大海，不是绿阴，是什么？我不知道！

假如生命是无味的，我不要来生。假如生命是有趣的，今生已是满足的了。

七

父亲的朋友送给我们两缸莲花，一缸是红的，一缸是白的，都摆在院子里。

八年之久，我没有在院子里看莲花了——但故乡的园院里，却有许多；不但有并蒂的，还有三蒂的，四蒂的，都是红莲。

九年前的一个月夜，祖父和我在园里乘凉。祖父笑着和我说："我们园里最初开三蒂莲的时候，正好我们大家庭中添了你们三个姊妹。大家都欢喜，说是应了花瑞。"

半夜里听见繁杂的雨声，早起是浓阴的天，我觉得有些烦闷。从窗内往外看时，那一朵白莲已经谢了，白瓣儿小船般散漂在水面。梗上只留下小小的莲蓬和几根淡黄色的花须。那一朵红莲，昨夜还是菡萏的，今晨却开满了，亭亭地在绿叶中间立着。

仍是不适意！——徘徊了一会子，窗外雷声作了，大雨接着就来，愈下愈大。那朵红莲，被那繁密的雨点，打得左右欹斜。在无遮蔽的天空之下，我不敢下阶去，也无法可想。

对屋里母亲唤着，我连忙走过去，坐在母亲旁边——一回头忽然看见红莲旁边的一个大荷叶，慢慢地倾侧了来，正覆盖在红莲上面……我不宁的心绪散尽了！

雨势并不减退，红莲却不摇动了。雨点不住地打着，只能在那勇敢慈怜的荷叶上面，聚了些流转无力的水珠。

我心中深深地受了感动——

母亲啊！你是荷叶，我是红莲。心中的雨点来了，除了你，谁是我在无遮拦天空下的荫蔽？

一九二二年七月二十一日

一四

每次拿起笔来，头一件事忆起的就是海。我嫌太单调了，常常因此搁笔。

每次和朋友们谈话,谈到风景,海波又侵进谈话的岸线里,我嫌太单调了,常常因此默然,终于无语。

一次和弟弟们在院子里乘凉,仰望天河,又谈到海。我想索性今夜彻底的谈一谈海,看词锋到何时为止,联想至何处为极。

我们说着海潮,海风,海舟……最后便谈到海的女神。

涵说,"假如有位海的女神,她一定是'艳如桃李,冷若冰霜'的。"我不觉笑问,"这话怎讲!"

涵也笑道,"你看云霞的海上,何等明媚;风雨的海上,又是何等的阴沉!"

杰两手抱膝凝听着,这时便运用他最丰富的想象力,指点着说:"她……她住在灯塔的岛上,海霞是她的扇旗,海鸟是她的侍从;夜里她曳着白衣蓝裳,头上插着新月的梳子,胸前挂着明星的璎珞;翩翩地飞行于海波之上……"

楫忙问,"大风的时候呢?"杰道:"她驾着风车,狂飙疾转的在怒涛上驱走;她的长袖拂没了许多帆舟。下雨的时候,便是她忧愁了,落泪了,大海上一切都低头静默着。黄昏的时候,霞光灿然,便是她回波电笑,云发飘扬,丰神轻柔而潇洒……"

这一番话,带着画意,又是诗情,使我神往,使我微笑。

楫只在小椅子上,挨着我坐着,我抚着他,问,"你的话必是更好了,说出来让我们听听!"他本静静地听着,至此便抱着我的臂儿,笑道,"海太大了,我太小了,我不会说。"

我肃然——涵用折扇轻轻的击他的手,笑说,"好一个小哲学家!"

涵道:"姊姊,该你说一说了。"我道,"好的都让你们说尽了——我只希望我们都像海!"

杰笑道,"我们不配做女神,也不要'艳如桃李,冷若冰霜'的。"

他们都笑了——我也笑说,"不是说做女神,我希望我们都做个'海化'的青年。像涵说的,海是温柔而沉静。杰说的,海是超绝而威严。楫说的更好了,海是神秘而有容,也是虚怀,也是广博……"

我的话太乏味了,楫的头渐渐的从我臂上垂下去,我扶住了,回身轻轻地将他放在竹榻上。

涵忽然说:"也许是我看的书太少了,中国的诗里,咏海的真是不多;可惜这么一个古国,上下数千年,竟没有一个'海化'的诗人!"

从诗人上,他们的谈锋便转移到别处去了——我只默默的守着楫坐着,刚才的那些话,只在我心中,反复地寻味——思想。

一七

我坐在院里,仪从门外进来,悄悄地和我说,"你睡了以后,叔叔骑马去了,是那匹好的白马……"我连忙问,"在哪里?"他说,"在山下呢,你去了,可不许说是我告诉的。"我站起来便走。仪自己笑着,走到书室里去了。

出门便听见涛声,新雨初过,天上还是轻阴。曲折平坦的大道,直斜到山下,既跑了就不能停足,只身不由己的往下走。转过高岗,已望见父亲在平野上往来驰骋。这时听得乳娘在后面追着,唤,"慢慢的走!看道滑掉在谷里!"我不能回头,索性不理她。我只不住的唤着父亲，乳娘又不住的唤着我。

父亲已听见了，回身立马不动。到了平地上，看见董自己远远的立在树下。我笑着走到父亲马前，父亲凝视着我，用鞭子微微的击我的头，说，"睡好好的，又出来作什么！"我不答，只举着两手笑说，"我也上去！"

父亲只得下来，马不住的在场上打转，父亲用力牵住了，扶我骑上。董便过来挽着辔头，缓缓地走了。抬头一看，乳娘本站在岗上望着我，这时才转身下去。

我和董说，"你放了手，让我自己跑几周！"董笑说，"这马野得很，姑娘管不住，我快些走就得了。"

渐渐的走快了，只听得耳旁海风，只觉得心中虚凉，只不住的笑，笑里带着欢喜与恐怖。

父亲在旁边说，"好了，再走要头晕了！"说着便走过来。我撩开脸上的短发，双手扶着鞍子，笑对父亲说，"我再学骑十年的马，就可以从军去了，像父亲一般，做勇敢的军人！"父亲微笑不答。

马上看海面的黄昏——

董在前牵着，父亲在旁扶着。晚风里上了山，直到门前。母亲和仪，还有许多人，都到马前来接我。

（二）

她是翩翩的乳燕，

横海飘游，

月明风紧，

　不敢停留——

在她频频回顾的

　　飞翔里

总带着乡愁！

一

那天大雪，郁郁黄昏之中，送一个朋友出山而去。绒绒的雪上，极整齐分明的镌着我们偕行的足印。独自归来的路上，偶然低首，看见洁白匀整的雪花，只这一瞬间，已又轻轻的掩盖了我们去时的踪迹。——白茫茫的大地上，还有谁知道这一片雪下，一刹那前，有个同行，有个送别？

我的心因觉悟而沉沉的浸入悲哀！

苏东坡的：

人生到处知何似？

应似飞鸿踏雪泥——

泥上偶然留指爪，

鸿飞那复计东西！

…………

那几句还未曾说到尽头处，岂但鸿飞不复计东西？连雪泥上的指爪都是不得而留的……于是人生到处都是渺茫了！

生命何其实在？又何其飘忽？它如迎面吹来的朔风，扑到脸上时，明明觉得砭骨劲寒；它又匆匆吹来，飒飒的散到树林子里，到天空中，渺无来因去果，纵骑着快马，也无处追寻。

原也是无聊，而薄纸存留的时候，或者比时晴的快雪长久些——今日不乐，松涛细响之中，四面风来的山亭上，又提笔来写《往事》。生命的历史一页一页的翻下去，渐渐翻近中叶，页页佳妙，图画的色彩也加倍的鲜明，动摇了我的心灵与眼目。这几幅是造物者的手迹。他轻描淡写了，又展开在我眼前；我瞻仰之下，加上一两笔点缀。

点缀完了，自己看着，似乎起了感慨，人生经得起追写几次的往事？生命刻刻消磨于把笔之顷……

这时青山的春雨已洒到松梢了！

一九二四年三月七日，青山

六

从来未曾感到的，这三夜来感到了，尤其是今夜！——与其说"感"不如说"刺"——今夜感到的，我恳颤的希望这一生再也不感到！

阴历八月十四夜，晚餐后同一位朋友上楼来，从塔窗中，她忽然赞赏的唤我看月。撩开幔子，我看见一轮明月，高悬在远远的塔尖。地上是水银泻地般的月光。我心上如同着了一鞭，但感觉还散漫模糊，只惘然的也赞美了一句，便回到屋里，放下两重帘子来睡了。

早起一边理发，忽又惘惘的忆起昨夜的印象。我想起"……看月多归思，晓起开笼放白鹇"这两句来。如有白鹇可放，我昨夜一定开笼了，然而她纵有双飞翼，也怎生飞渡这浩浩万里的太平洋？我连替白鹇设想的希望都绝了的时候，我觉得到了最无可奈何的境界！

中秋日，居然晴明，我已是心慑，仪又欢笑的告诉我，今夜定在湖上泛舟，我尤其黯然！但这是沿例，旧同学年年此夜请新同学荡舟赏月，我如何敢言语？

黄昏良来召唤我时，天竟阴了，我一边和她走着，说不出心里的感谢。

我们七人，坐了三只小舟，一篙儿点开，缓缓从桥下穿过，已到湖上。

四顾廓然，湖光满眼。环湖的山黯青着，湖水也翠得很凄然。水底看见黑云浮动，湖岸上的秋叶，一丛丛的红意迎人，几座楼台在远处，旋转的次第入望。

我们荡到湖心，又转入水枝低桠处，错落的谈着，不时的仰望云翳的天空。云彩只严遮着，月意杳然。——"千金也买不了她这一刻的隐藏！"我说不出的心里的感谢。

云影只严遮着，月意杳然，夜色渐渐逼人，湖光渐隐。几片黑云，又横曳过湖东的丛树上，大家都怅惘，说："无望了！我们回去吧！"

归棹中我看见舟尾的秋。她在桨声里，似吟似叹的说："月啊！怎么不做美啊！"她很轻巧的又笑了，我也报她一笑。——这是"释然"，她哪儿知道我的心绪？

　　到岸后,还在堤边留连仰望了片晌。——我想:"真可怜——中秋夜居然逃过了!"人人怅惘的归途中,我有说不尽的心里的感谢。

　　十六夜便不防备,心中很坦然,似乎忘却了。

　　不知如何,偶然敲了楼东一个朋友的室门,她正灭了灯在窗前坐着。月光满室! 我一惊,要缩回也来不及了,只能听她起身拉着我的手,到窗前来。

　　没有一点缺憾! 月儿圆满光明到十二分。我默然,我咬起唇儿,我几乎要迸出一两句诅咒的话!

　　假如她知道我这时心中的感伤是到了如何程度,她也必不忍这般的用双臂围住我,逼我站在窗前。我惨默无声,我已拼着鼓勇去领略。正如立近万丈的悬崖,下临无际的酸水的海。与其徘徊着惊悸亡魂,不如索性纵身一跃,死心的去感觉那没顶切肤的辛酸的感觉。

　　我神摇目夺的凝望着:近如方院,远如天文台,以及周围的高高下下的树,都逼射得看出了红、蓝、黄的颜色。三个绿半球针竿高指的圆顶下,不断的白圆穹门,一圈一圈的在地的月影,如墨线画的一般的清晰。十字道四角的青草,青得四片绿绒似的,光天化日之下,也没有这样的分明呵,何况这一切都浸透在这万里迷濛的光影里——

　　我开始诅咒了!

　　乡愁麻痹到全身,我掠着头发,发上掠到了乡愁;我捏着指尖,指上捏着了乡愁。是实实在在的躯壳上感着的苦痛,不是灵魂上浮泛流动的悲哀!

我一翻身匆匆的辞了她，回到屋里来。匆匆的用手绢蒙起了桌上嵌着父亲和母亲相片的银框。匆匆的拿起一本很厚的书来，扶着头苦读——茫然的翻了几十页，我实在没有气力再敷衍了，推开书，退到床上，万念俱灰的起了呜咽。

我病了——

那夜的惊和感，如夏空的急电，奔腾闪掣到了最高尖。过后回思，使我怃然叹异，而且不自信！如今反复的感着乡愁的心，已不能再飙起。无数的月夜都过去了，有时竟是整夜的看着，情感方面，却至多也不过"惘然"。

痛定思痛，我觉悟了明月为何千万年来，伤了无数的客心！静夜的无限光明之中，将四围衬映得清晰浮动，使她彻底的知道，一身不是梦，是明明白白的去国客游。一切离愁别恨，都不是淡荡的，犹疑的；是分明的，真切的，急如束湿的。

对于这事，我守了半年的缄默；只在今春与友人通讯之间，引了古人月夜的名句之后，我写："呜呼！赏鉴好文学，领略人生，竟须付若大代价耶？"

至于代价如何，"呜呼"两字之后，藏有若干的伤感，我竟没有提，我的朋友因而也不曾问起。

一九二三年九月二十六日夜，闭璧楼

八

是除夜的酒后，在父亲的书室里。父亲看书，我也坐近书几，已是久久的沉默——

我站起，双手支颐，半倚在几上，我唤："爹爹！"父亲抬起头来。"我想看守灯塔去。"

父亲笑了一笑，说："也好，整年整月的守着海——只是太冷寂一些。"说完仍看他的书。

我又说："我不怕冷寂，真的，爹爹！"

父亲放下书说："真的便怎样？"

这时我反无从说起了！我耸一耸肩，我说："看灯塔是一种最伟大，最高尚，而又最有诗意的生活……"

父亲点头说："这个自然！"他往后靠着椅背，是预备长谈的姿势。这时我们都感着兴味了。

我仍旧站着，我说："只要是一样的为人群服务，不是独善其身；我们固然不必避世，而因着性之相近，我们也不必避'避世'！"

父亲笑着点头。

我接着："避世而出家，是我所不屑做的，奈何以青年有为之身，受十方供养？"

父亲只笑着。

我勇敢的说："灯台守的别名，便是'光明的使者'。他抛离田里，牺牲了家人骨肉的团聚，一切种种世上耳目纷华的娱乐，来整年整月的对着渺茫无际的海天。除却海上的飞鸥片帆，天上的云涌风起，不能有新的接触。除了骀荡的海风，和岛上崖旁转青的小草，他不知春至。我抛却'乐群'，只知'敬业'……"

父亲说："和人群大陆隔绝，是怎样的一种牺牲，这情绪，我们航海人真是透彻中边的了！"言次，他微叹。

我连忙说："否，这在我并不是牺牲！我晚上举着火炬，登上天梯，我觉得有无上的倨傲与光荣。几多好男子，轻侮别离，弄潮破浪，狃习了海上的腥风，驱使着如意的桅帆，自以为不可一世，而在狂飙浓雾，海水山立之顷，他们却蹙眉低首，捧盘屏息，凝注着这一点高悬闪烁的光明！这一点是警觉，是慰安，是导引，然而这一点是由我燃着！"

父亲沉静的眼光中，似乎忽忽的起了回忆。

"晴明之日，海不扬波，我抱膝沙上，悠然看潮落星生。风雨之日，我倚窗观涛，听浪花怒撼崖石。我闭门读书，以海洋为师，以星月为友，这一切都是不变与永久。

"三五日一来的小艇上，我不断的得着世外的消息，和家人朋友的书函；似暂离又似永别的景况，使我们永驻在'的的如水'的情谊之中。我可读一切的新书籍，我可写作，在文化上，我并不曾与世界隔绝。"

父亲笑说："灯塔生活，固然极其超脱，而你的幻象，也未免过于美丽。倘若病起来，海水拍天之间，你可怎么办？"

我也笑道："这个容易——一时虑不到这些！"

父亲道："病只关你一身，误了燃灯，却是关于众生的光明……"

我连忙说："所以我说这生活是伟大的！"

父亲看我一笑，笑我词支，说："我知道你会登梯燃灯；但倘若有大风浓雾，触石沉舟的事，你须鸣枪，你须放艇……"

我郑重的说:"这一切,尤其是我所深爱的。为着自己,为着众生,我都愿学!"

父亲无言,久久,笑道:"你若是男儿,是我的好儿子!"

我走近一步,说:"假如我要得这种位置,东南沿海一带,爹爹总可为力?"

父亲看着我说:"或者……但你为何说得这般的郑重?"

我肃然道:"我处心积虑已经三年了!"

父亲敛容,沉思的抚着书角,半天,说:"我无有不赞成,我无有不为力。为着去国离家,吸受海上腥风的航海者,我忍心舍遣我唯一的弱女,到岛山上点起光明。但是,唯一的条件,灯台守不要女孩子!"

我木然勉强一笑,退坐了下去。

又是久久的沉默——

父亲站起来,慰安我似的:"清静伟大,照射光明的生活,原不止灯台守,人生宽广的很!"

我不言语。坐了一会,便掀开帘子出去。

弟弟们站在院子的四隅,燃着了小爆竹。彼此抛掷,欢呼声中,偶然有一两支掷到我身上来,我只笑避——实在没有同他们追逐的心绪。

回到卧室,黑沉沉的歪在床上。除夕的梦纵使不灵验,万一能梦见,也是慰情聊胜无。我一念至诚的要入梦,幻想中画出环境,暗灰色的波涛,岿然的白塔……

一夜寂然——奈何连个梦都不能做!

这是两年前的事了,我自此后,禁绝思虑,又十年不见灯塔,我心不乱。

这半个月来,海上瞥见了六七次,过眼时只悄然微叹。失望的心情,不愿它再兴起。而今夜浓雾中的独立,我竟极奋迅的起了悲哀!

丝雨蒙蒙里,我走上最高层,倚着船栏,忽然见天幕下,四塞的雾点之中,夹岸两嶂淡墨画成似的岛山上,各有一点星光闪烁——

船身微微的左右欹斜,这两点星光,也徐徐的在两旁隐约起伏。光线穿过雾层,莹然,灿然,直射到我的心上来,如招呼,如接引,我无言,久——久,悲哀的心弦,开始策策而动!

有多少无情有恨之泪,趁今夜都向这两点星光挥洒!凭吟啸的海风,带这两年前已死的密愿,直到塔前的光下——

从兹了结!拈得起,放得下,愿不再为灯塔动心,也永不作灯塔的梦,无希望的永古不失望,不希冀那不可希冀的,永古无悲哀!

愿上帝祝福这两个塔中的燃灯者!——愿上帝祝福有海水处,无数塔中的燃灯者!愿海水向他长绿,愿海山向他长青!愿他们知道自己是这一隅岛国上无冠的帝王,只对他们,我愿致无上的颂扬与羡慕!

一九二三年八月二十八日,太平洋舟中

新年试笔

新年试笔。

因为是"试"笔，所以要拿起笔来再说。

拿起笔来仍是无话可话；许多时候不说了，话也涩，笔也涩，连这时扫在窗上的枯枝也作出"涩——涩"的声音。

我愿有十万斛的泉水，湖水，海水，清凉的，碧绿的，蔚蓝的，迎头洒来，泼来，冲来，洗出一个新鲜、活泼的我。

这十万斛的水，不但洗净了我，也洗净了宇宙间山川人物。——如同太初洪水之后，有只雪白的鸽子，衔着嫩绿的叶子，在响晴的天空中飞翔。

大地上处处都是光明，看不见一丝云影。山上没有一棵被吹断的树，没有一片焦黄的叶；一眼望去是参天的松柏，树下随意的乱生着紫罗兰、雏菊、蒲公英。松径中，石缝中，飞溅着急流的泉水。

江河里也看不见黄泥，也不漂浮着烂纸和瓜皮；只有朝霭下的轻烟，濛濛的笼罩着这浩浩的流水。江河两旁是沃野千里，阡陌纵横，整齐的灰瓦的农舍，家家开着后窗，男耕女织，歌声相闻。

城市像个花园，大树的浓阴护着杂花。整洁的道路上，看不见一个狂的男人，妖的女人，和污秽的孩子。上学的，上工的，个个挺着胸走，容光焕发，用着掩不住的微笑，互相招呼，似乎人人都彼此认识。

黄昏时从一座一座的建筑物里，涌出无数老的、少的、村的、俏的人来。一天结实的有成绩的工作，在他们脸上，映射出无限的快慰和满足。回家去，家家温暖的灯光下，有着可口的晚餐，亲爱的谈话。

蓝天隐去，星光渐生，孩子们都已在温软的床上，大开的窗户之下，在梦中向天微笑。

而在书室里，廊上，花下，水边都有一对或一对以上的人儿，在低低的或兴高采烈的谈着他们的过去、现在、将来所留恋、计划、企望的一切。

平凡人的笔下，只能抽出这平凡的希望。

然而这平凡的希望——

洪水，这迎头冲来的十万斛的洪水，何时才来到呢？

一日的春光

去年冬末，我给一位远方的朋友写信，曾说："我要尽量的吞咽今年北平的春天。"

今年北平的春天来的特别的晚，而且在还不知春在哪里的时候，抬头忽见黄尘中绿叶成荫，柳絮乱飞，才晓得在厚厚的尘沙黄幕之后，春还未曾露面，已悄悄的远引了。

天下事都是如此——

去年冬天是特别的冷，也显得特别的长。每天夜里，灯下孤坐，听着扑窗怒号的朔风，小楼震动，觉得身上心里，都没有一丝暖气，一冬来，一切的快乐，活泼，力量，生命，似乎都冻得蜷伏在每一个细胞的深处。我无聊地慰安自己说，"等着罢，冬天来了，春天还能很远吗？"

然而这狂风，大雪，冬天的行列，排得意外的长，似乎没有完尽的时候。有一天看见湖上冰软了，我的心顿然欢喜，说，"春天来了！"当天夜里，北风又卷起漫天匝地的黄沙，忿怒的扑着我的窗户，把我心中的春意，又吹得四散。有一天看见柳梢嫩黄了，那天的下午，又不住的下着不成雪的冷雨，黄昏时节，严冬的衣服，又披上了身。有一天看见院里的桃花开了，这天刚刚过午，从东南的天边，顷刻布满了惨暗的黄云，跟着干枝风动,这刚放蕊的春英,又都埋罩在漠漠的黄尘里……

九十天看看过尽——我不信了春天!

几位朋友说,"到大觉寺看杏花去罢。"虽然我的心中,始终未曾得到春的消息,却也跟着大家去了。到了管家岭,扑面的风尘里,几百棵杏树枝头,一望已尽是残花败蕊;转到大工,向阳的山谷之中,还有几株盛开的红杏,然而盛开中气力已尽,不是那满树浓红,花蕊相间的情态了。

我想,"春去了就去了罢!"归途中心里倒也坦然,这坦然中是三分悼惜,七分憎嫌,总之,我不信了春天。

四月三十日的下午,有位朋友约我到挂甲屯吴家花园去看海棠,"且喜天气晴明"——现在回想起来,那天是九十春光中唯一的春天——海棠花又是我所深爱的,就欣然的答应了。

东坡恨海棠无香,我却以为若是香得不妙,宁可无香。我的院里栽了几棵丁香和珍珠梅,夏天还有玉簪,秋天还有菊花,栽后都很后悔。因为这些花香,都使我头痛,不能折来养在屋里。所以有香的花中,我只爱兰花、桂花、香豆花和玫瑰,无香的花中,海棠要算我最喜欢的了。

海棠是浅浅的红,红得"乐而不淫",淡淡的白,白得"哀而不伤",又有满树的绿叶掩映着,秾纤适中,像一个天真、健美、欢悦的少女,同是造物者最得意的作品。

斜阳里,我正对着那几树繁花坐下。

春在眼前了!

这四棵海棠在怀馨堂前,北边的那两棵较大,高出堂檐约五六尺。花后是响晴蔚蓝的天,淡淡的半圆的月,遥俯树梢。这四棵树上,有千千万万玲珑娇艳的花朵,乱烘烘的在繁枝上挤着开……

看见过幼稚园放学没有?从小小的门里,挤着的跳出涌出使人眼花缭乱的一大群的快乐,活泼,力量,和生命;这一大群跳着涌着的分散在极大的周围,在生的季候里做成了永远的春天!

那在海棠枝上卖力的春,使我当时有同样的感觉。

一春来对于春的憎嫌,这时都消失了,喜悦的仰首,眼前是烂漫的春,骄奢的春,光艳的春,——似乎春在九十日来无数的徘徊瞻顾,百就千拦,只为的是今日在此树枝头,快意恣情的一放!

看得恰到好处,便辞谢了主人回来。这春天吞咽得口有余香!过了三四天,又有友人来约同去,我却回绝了。今年到处寻春,总是太晚,我知道那时若去,已是"落红万点愁如海",春来萧索如斯,大不必去惹那如海的愁绪。

虽然九十天中,只有一日的春光,而对于春天,似乎已得了报复,不再怨恨憎嫌了。只是满意之余,还觉得有些遗憾,如同小孩子打架后相寻,大家忍不住回嗔作喜,却又不肯即时言归于好,只背着脸,低着头,噘着嘴说,"早知道你又来哄我找我,当初又何必把我冰在那里呢?"

一九三六年五月八日夜,北平

我们把春天吵醒了

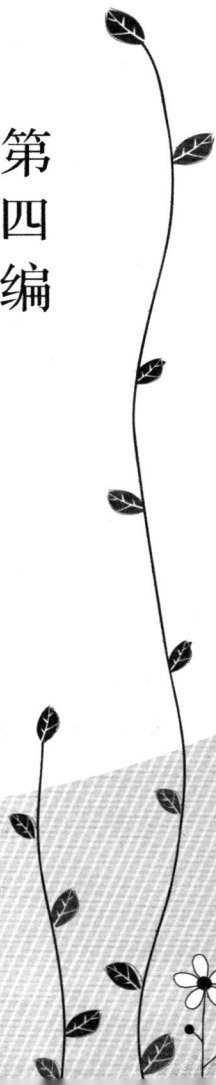

第四编

我们把春天吵醒了

季候上的春天,像一个困倦的孩子,在冬天温暖轻软的绒被下,安稳地合目睡眠。

但是,向大自然索取财富、分秒必争的中国人民,是不肯让它多睡懒觉的! 六亿五千万人商量好了,用各种洪大的声音和震天撼地的动作来把它吵醒。

大雪纷飞。砭骨的朔风,扬起大地上尖刀般的沙土……我们心里带着永在的春天,成群结队地在祖国的各个角落里,去吵醒季候上的春天。

我们在矿山里开出了春天,在火炉里炼出了春天,在盐场上晒出了春天,在纺机上织出了春天,在沙漠的铁路上筑起了春天,在汹涌的海洋里捞出了春天,在鲜红的唇上唱出了春天,在挥舞的笔下写出了春天……

春天揉着眼睛坐起来了,脸上充满了惊讶的微笑:"几万年来,都是我睡足了,飞出冬天的洞穴,用青青的草色,用潺潺的解冻的河流,用万紫千红的香花……来触动你们,唤醒你们。如今一切都翻转了,伟大呵,你们这些建设社会主义的人们!"

春天,驾着呼啸的春风,拿起招展的春幡,高高地飞起了。

哗啦啦的春幡吹卷声中,大地上一切都惊醒了。

昆仑山，连绵不断的万丈高峰，载着峨峨的冰雪，插入青天。热海般的春气围绕着它，温暖着它，它微笑地欠伸了，身上的雪衣抖开了，融化了；亿万粒的冰珠松解成万丈的洪流，大声地欢笑着，跳下高耸的危崖，奔涌而下。它流入黄河，流入长江，流入银网般的大大小小的江河。在那里，早有亿万个等得不耐烦的、包着头或是穿着工作服的男女老幼，揎拳捋袖满面春风地在迎接着，把它带到清浅的水库里、水渠里，带到干渴的无边的大地里。

这无边的大地，让几千架的隆隆的翻土机，几亿把上下挥动银光闪烁的锄头，把它从严冬冰冷的紧握下，解放出来了。它敞开黝黑的胸膛，喘息着，等待着它的食粮。

亿万担的肥料：从猪圈里、牛棚里、工厂的锅炉里，人家的屋角里……聚集起来了，一车接着一车，一担连着一担地送来了。大地狼吞虎咽地吃饱了，擦一擦流油的嘴角和脸上的汗珠，站了起来，伸出坚强的双臂来接抱千千万万肥肥胖胖的孩子，把他们紧紧地搂在怀里。

这些是米的孩子，麦的孩子，棉花的孩子……笑笑嚷嚷地挤在这松软深阔的胸膛里，泥土的香气，熏得他们有点发昏，他们不住地彼此摇撼呼唤着叫："弟兄们，姐妹们，这里面太挤了，让我出去疏散疏散吧！"

隐隐地他们听到了高空中春幡招展的声音；从千万扇细小的天窗里，他们看到了金雾般的春天的阳光。

他们乐得一跳多高！他们一个劲地往上钻，好容易钻出了深深的泥土。他们站住了，深深地吸了一口春天的充满了欢乐的香气,悠然地伸开两片嫩绿的翅叶。

俯在他们上面,用爱怜亲切的眼光注视着他们的,有包着花布头巾笑出酒涡来的大姑娘,也有穿着工作服的眉开眼笑的小伙子,也有举着烟袋在指点夸说的老爷爷……

原来他们又已经等得不耐烦了!

春天在高空中把这一切都看在眼里。他笑着自言自语地说:"这些把二十年当作一天来过的人,你们在赶时间,时间也在赶你们!……"

春天掮上春幡赶快又走他的云中的道路。他是到祖国的哪一座高山、哪一处平原,或是哪一片海洋上去做他的工作,我们也没有工夫去管他了!

横竖我们已经把春天吵醒了!

樱 花 赞

　　樱花是日本的骄傲。到日本去的人，未到之前，首先要想起樱花；到了之后，首先要谈到樱花。你若是在夏秋之间到达的，日本朋友们会很惋惜地说："你错过了樱花季节了！"你若是冬天到达的，他们会挽留你说："多待些日子，等看过樱花再走吧！"总而言之，樱花和"瑞雪灵峰"的富士山一样，成了日本的象征。

　　我看樱花，往少里说，也有几十次了。在东京的青山墓地看，上野公园看，千鸟渊看……；在京都看，奈良看……；雨里看，雾中看，月下看……日本到处都有樱花，有的是几百棵花树拥在一起，有的是一两棵花树在路旁水边悄然独立。春天在日本就是沉浸在弥漫的樱花气息里！

　　我的日本朋友告诉我，樱花一共有三百多种，最多的是山樱、吉野樱和八重樱。山樱和吉野樱不像桃花那样地白中透红，也不像梨花那样地白中透绿，它是莲灰色的。八重樱就丰满红润一些，近乎北京城里春天的海棠。此外还有浅黄色的郁金樱，花枝低垂的枝垂樱，"春分"时节最早开花的彼岸樱，花瓣多到三百余片的菊樱……掩映重迭，争妍斗艳。清代诗人黄遵宪的樱花歌中有：

......

墨江泼绿水微波

万花掩映江之沱

倾城看花奈花何

人人同唱樱花歌

......

花光照海影如潮

游侠聚作萃渊薮

......

十日之游举国狂

岁岁欢虞朝复暮

......

　　这首歌写尽了日本人春天看樱花的举国若狂的盛况。
"十日之游"是短促的,连阴之后,春阳暴暖,樱花就漫山遍地
的开了起来,一阵风雨,就又迅速地凋谢了,漫山遍地又是一
片落英! 日本的文人因此写出许多"人生短促"的凄凉感喟的
诗歌,据说樱花的特点也在"早开早落"上面。

　　也许因为我是个中国人,对于樱花的联想,不是那么灰黯。
虽然我在一九四七年的春天, 在东京的青山墓地第一次看樱
花的时候,墓地里尽是些阴郁的低头扫墓的人,间以喝多了酒
引吭悲歌的醉客,当我穿过圆穹似的莲灰色的繁花覆盖的甬
道的时候,也曾使我起了一阵低沉的感觉。

　　今年春天我到日本,正是樱花盛开的季节,我到处都看了

樱花，在东京、大阪、京都、箱根、镰仓……但是四月十三日我在金泽萝香山上所看到的樱花，却是我所看过的最璀璨、最庄严的华光四射的樱花！

四月十二日，下着大雨，我们到离金泽市不远的内滩渔村去访问。路上偶然听说明天是金泽市出租汽车公司工人罢工的日子。金泽市有十二家出租汽车公司，有汽车二百五十辆，雇用着几百名的司机和工人。他们为了生活的压迫，要求增加工资，已经进行过五次罢工了，还没有达到目的，明天的罢工将是第六次。

那个下午，我们在大雨的海滩上和内滩农民的家里，听到了许多工农群众为反对美军侵占农田作打靶场，奋起斗争终于胜利的种种可泣可歌的事迹。晚上又参加了一个情况热烈的群众欢迎大会，大家都兴奋得睡不好觉，第二天早起，匆匆地整装出发，我根本就把今天汽车司机罢工的事情，忘在九霄云外了。

早晨八点四十分，我们从旅馆出来，十一辆汽车整整齐齐地摆在门口。我们分别上了车，徐徐地沿着山路，曲折而下。天气晴明，和煦的东风吹着，灿烂的阳光晃着我们的眼睛……

这时我才忽然想起，今天不是汽车司机们罢工的日子么？他们罢工的时间不是从早晨八时开始么？为着送我们上车，不是耽误了他们的罢工时刻么？我连忙向前面和司机同坐的日本朋友询问究竟。日本朋友回过头来微微地笑说："为着要送中国作家代表团上车站，他们昨夜开个紧急会议，决定把罢工时间改为从早晨九点开始了！"我正激动着要说一两句道谢的话的时候，那位端详稳静、目光注视着前面的司机，稍稍地侧着头，谦和地说："促进日中人民的友谊，也是斗争的一部分啊！"

我的心猛然地跳了一下，像点着的焰火一样，从心灵深处喷出了感激的漫天灿烂的火花……

清晨的山路上，没有别的车辆，只有我们这十一辆汽车，沙沙地飞驰。这时我忽然看到，山路的两旁，簇拥着雨后盛开的几百树几千树的樱花！这樱花，一堆堆，一层层，好像云海似的，在朝阳下绯红万顷，溢彩流光。当曲折的山路被这无边的花云遮盖了的时候，我们就像坐在十一只首尾相接的轻舟之中，凌驾着骀荡的东风，两舷溅起哗哗的花浪，迅捷地向着初升的太阳前进！

下了山，到了市中心，街上仍没有看到其他的行驶的车辆，只看到街旁许多的汽车行里，大门敞开着，门内排列着大小的汽车，门口插着大面的红旗，汽车工人们整齐地站在门边，微笑着目送我们这一行车辆走过。

到了车站，我们下了车，以满腔沸腾的热情紧紧地握着司机们的手，感谢他们对我们的帮忙，并祝他们斗争的胜利。

热烈的惜别场面过去了，火车开了好久，窗前拂过的是连绵的雪山和奔流的春水，但是我的眼前仍旧辉映着这一片我所从未见过的奇丽的樱花！

我回过头来，问着同行的日本朋友："樱花不消说是美丽的，但是从日本人看来，到底樱花美在哪里？"他搔了搔头，笑着说："世界上没有不美的花朵……至于对某一种花的喜爱，却是由于各人心中的感触。日本文人从美而易落的樱花里，感到人生的短暂，武士们就联想到捐躯的壮烈。至于一般人民，他们喜欢樱花，就是因为它在凄厉的冬天之后，首先给人民带来了兴奋喜乐的春天的消息。在日本，樱花就是多！山上、水边、街旁、院里，到处都是。积雪还没有消融，冬服还没有去身，幽暗的房间里还是春寒料峭，只要远远地一丝东风吹来，天上露出了阳光，这樱花就漫山遍地的开起！不管是山樱也好，吉野樱也好，八重樱也好……向它旁边的日本三岛上的人民，报告了春天的振奋蓬勃的消息。"

这番话，给我讲明了两个道理。一个是：樱花开遍了蓬莱三岛，是日本人民自己的花，它永远给日本人民以春天的兴奋与鼓舞；一个是：看花人的心理活动，形成了对于某些花卉的特别喜爱。金泽的樱花，并不比别处的更加美丽。汽车司机的一句深切动人的、表达日本劳动人民对于中国人民的深厚友谊的话，使得我眼中的金泽的漫山遍地的樱花，幻成一片中日人民友谊的花的云海，让友谊的轻舟，激箭似的，向着灿烂的朝阳前进！

深夜回忆，暖意盈怀，欣然提笔作樱花赞。

一九六一年五月十八日夜

海 恋

许多朋友听说我曾到大连去歇夏,湛江去过冬,日本和阿联去开会,都写信来说:"你又到了你所热爱的大海旁边了,看到了童年耳鬓厮磨的游伴,不定又写了多少东西呢……"朋友们的期望,一部分是实现了,但是大部分没有实现。我似乎觉得,不论是日本海、地中海……甚至于大连湾,广州湾,都不像我童年的那片"海",正如我一生中最好的朋友,不一定是我童年耳鬓厮磨的游伴一样。我的童年的游伴,在许多方面都不如我长大以后所结交的朋友,但是我对童年的游伴,却是异样地熟识,异样地亲昵。她们的姓名、声音、笑貌,甚至于鬓边的一绺短发,眉边的一颗红痣,几十年过去了,还是历历在目!越来越健忘的我,常常因为和面熟的人寒暄招呼了半天还记不起姓名,而暗暗地感到惭愧。因此,对于涌到我眼前的一幅一幅童年时代的、镜子般清澈明朗的图画,总是感到惊异,同时也感到深刻的喜悦和怅惘杂糅的情绪——这情绪,像一根温柔的针刺,刺透了我的纤弱嫩软的心!

谈到海——自从我离开童年的海边以后,这几十年之中,我不知道亲近过多少雄伟奇丽的海边,观赏过多少璀璨明媚的海景。如果我的脑子里有一座记忆之宫的话,那么这座殿宇的墙壁上，不知道挂有多少幅大大小小意态不同、神韵不同的海景的图画。但是，最朴素、最阔大、最惊心动魄的，是正殿北墙上的那一幅大画！这幅大画上，右边是一座屏幛似的连绵不断的南山，左边是一带围抱过来的丘陵，土坡上是一层一层的麦地，前面是平坦无际的淡黄的沙滩。在沙滩与我之间，有一簇依山上下高低不齐的农舍，亲热地偎倚成一个小小的村落。在广阔的沙滩前面，就是那片大海！这大海横亘南北，布满东方的天边，天边有几笔淡墨画成的海岛，那就是芝罘岛，岛上有一座灯塔。画上的构图，如此而已。

但是这幅海的图画，是在我童年，脑子还是一张纯素的白纸的时候，清澈而敏强的记忆力，给我日日夜夜、一笔一笔用铜钩铁划画了上去的，深刻到永不磨灭。

我的这片海，是在祖国的北方，附近没有秀丽的山林，高悬的泉瀑。冬来秋去，大地上一片枯黄，海水也是灰蓝灰蓝的，显得十分萧瑟。春天来了，青草给高大的南山披上新装，远远的村舍顶上，偶然露出一两树桃花。海水映到春天的光明，慢慢地也荡漾出翠绿的波浪……

这是我童年活动的舞台上，从不更换的布景。我是这个阔大舞台上的"独脚"，有时在徘徊独白，有时在抱膝沉思。我张着惊奇探讨的眼睛，注视着一切。在清晨，我看见金盆似的朝日，从深黑色、浅灰色、鱼肚白色的云层里，忽然涌了上来；这时，太空轰鸣，浓金泼满了海面，染透了诸天。渐渐地，声音平静下去了，天边漾出一缕淡淡的白烟，看见桅顶了，看见船身了，又是哪里的海客，来拜访我们北山下小小的城市了。在黄昏，我看见银盘似的月亮，颤巍巍地捧出了水平，海面变成一道道一层层的，由浓墨而银灰，渐渐地漾成闪烁光明的一片。淡墨色的渔帆，一翅连着一翅，慢慢地移了过去，船尾上闪着橘红色的灯光。我知道在这淡淡的白烟里，橘红色的灯光中，都有许多人——从大人的嘴里，从书本、像《一千零一夜》里出来的、我所熟识的人，他们在忙碌地做工，喧笑着谈话。我看不见他们，但是我在幻想里一刻不停地替他们做工，替他们说话：他们嚓嚓地用椰子壳洗着甲板，哗哗地撒着沉重的渔网；他们把很大的"顶针"套在手掌上，用力地缝一块很厚的帆布，他们把粗壮的手指放在嘴里吮着，然后举到头边，来测定海风的方向。他们的谈话又紧张又热闹，他们谈着天后宫前的社戏，玉皇顶上的梨花，他们谈着几天前的暴风雨……这时我的心就狂跳起来了，我的嘴里模拟着悍勇的呼号，两手紧握得出了热汗，身子紧张得从沙滩上站了起来……

我回忆中的景色：风晨，月夕，雪地，星空，像万花筒一般，瞬息千变；和这些景色相配合的我的幻想活动，也像一出出不同的戏剧，日夜不停地在上演着。但是每一出戏都是在同一的，以高山大海为背景的舞台上演出的。这个舞台，绝顶静寂，无边辽阔，我既是演员，又是剧作者。我虽然单身独自，我却感到无限的欢畅与自由。

这些往事，再说下去，是永远说不完的，而且我所要说的并不是这些。我是说，每一个人都有他自己的童年往事，快乐也好，辛酸也好，对于他都是心动神移的最深刻的记忆。我恰巧是从小亲近了海，爱恋了海，而别的人就亲近爱恋了别的景物,他们说起来写起来也不免会"一往情深"的。其实,具体来说,爱海也罢,爱别的东西也罢,都爱的是我们自己的土地,我们自己的人民! 就说爱海,我们爱的决不是任何一片四望无边的海。每一处海边,都有她自己的沙滩,自己的岩石,自己的树木,自己的村庄,来构成她自己独特的、使人爱恋的"性格"。她的沙滩和岩石,确定了地理的范围,她的树木和村庄,标志着人民的劳动。她的性格里面,有和我们血肉相连的历史文化、习惯风俗。她是属于我们的,我们是属于她的,她孕育了我们,培养了我们;我们依恋她,保卫她,我们愿她幸福繁荣,我们决不忍受人家对她的欺凌侵略。就是这种强烈沉挚的感情,鼓舞了我们写出多少美丽雄壮的诗文,做出多少空前伟大的事业,这些例子,古今中外,还用得着列举吗?

还有,我爱了童年的"海",是否就不爱大连湾和广州湾了呢? 决不是的。我长大了,海也扩大了,她们也还是我们自己的海! 至于日本海和地中海——当我见到参加反对美军基地运动的日本内滩的儿童、参加反抗英法侵略战争的阿联塞得港的儿童的时候,我拉着他们温热的小手,望着他们背后蔚蓝的大海,童年的海恋,怒潮似的涌上心头。多么可爱的日本和阿联的儿童,多么可爱的日本海和地中海呵!

一九六二年九月十八夜,北京

绿 的 歌

　　我的童年是在大海之滨度过的，眼前是一望无际的湛蓝湛蓝的大海，身后是一抹浅黄的田地。

　　那时，我的大半个世界是蓝色的，蓝色对于我，永远象征着阔大，深远，庄严……

　　我很少注意到或想到其他的颜色。

　　离开海边，进入城市，说是"目迷五色"也好，但我看到的只是杂色的黯淡的一切。

　　我开始向往看到一大片的红色，来振奋我的精神。

　　我到西山去寻找枫林的红叶。但眼前这一闪光艳，是秋天的"临去秋波"，很快的便被朔风吹落了。

　　在怅惘迷茫之中，我凝视着这满山满谷的吹落的红叶，而"向前看"的思路，却把我的心情渐渐引得欢畅了起来！

　　"落红不是无情物"，它将在春泥中融化，来滋润培养它的新的一代。

　　这时，在我眼前突兀地出现了一幅绿意迎人的图画！那是有一年的冬天，我回到我的故乡去，坐汽车从公路进入祖国的南疆。小车在层峦叠嶂中穿行，两旁是密密层层的参天绿树：苍绿的是松柏，翠绿的是竹子，中间还有许许多多不知名的、色调深浅不同的绿树，衬以遍地的萋萋的芳草。"绿"把我包围起来了。我从惊喜而沉入恬静，静默地、欢悦地陶醉在这铺天盖地的绿色之中。

　　我深深地体会到"绿"是象征着：浓郁的春光，蓬勃的青春，崇高的理想，热切的希望……
　　绿，是人生中的青年时代。
　　个人、社会、国家、民族、人类都有其生命中的青年时代。
　　我愿以这支"绿的歌"献给生活在青年的社会主义祖国的青年们！

一九八三年二月十七日

春的消息

　　坐在书桌旁往外看，我的窗外周围只是一座一座的长长方方的宿舍楼，楼与楼之间没有一棵树木！窗前一大片的空地上，历年来堆放着许多长长的、生了锈的钢筋——这是为建筑附近几座新宿舍楼用的——真是一片荒凉沉寂。外边看不到什么颜色了，我只好在屋子里"创造"些颜色。我在堂屋里挂上绿色的窗帘，铺上绿色的桌布，窗台上摆些朋友送的一品红、仙客来，和孩子们自己种的吊兰。在墙上挂的总理油画前，供上一瓶玫瑰花、菊花、石竹花或十姊妹。那是北方玫瑰花公司应我之请，按着时节，每星期送来的。我的书桌旁边的窗台上摆着一盆朋友送的还没有开过花的君子兰。有时也放上一瓶玫瑰。这一丝丝的绿意，或说是春意吧，都是"慰情聊胜无"的。

　　我想起我窗前的那片空地，从前堆放钢筋的地方，每到春来，从钢筋的空隙中总会长出十分翠绿的草。夏雨来时，它便怒长起来，蔓延到钢条周围。那勃勃的生机，是钢铁也压不住的。如今，这些钢条都搬走了，又听说我们楼前这一块空地将要种上花草。春寒料峭之中，我的期望也和春寒一样地冷漠。

　　前几天，窗外一阵阵的喧哗笑语，惊动了我。往外看时，原来是好几十个男女学生，正在整理这片空地呢！女学生穿的羽绒衣、毛衣,红红绿绿的;男学生有的穿绿军装,有的穿深色的衣服。他们拿着种种工具,锄土的锄土,铲土的铲土,安放矮栏的就在场地边上安插下小铁栏杆。看来我们楼前这一大片土地,将会被这群青年人整治成一座绿草成茵,繁花似锦的公园……

窗外是微阴的天,这群年轻人仍在忙忙地劳动着。今天暖气停了,我脱下毛衣换上棉袄,但我的心里却是暖烘烘的,因为我得到了春的消息!

一九八七年三月十六日中央民族学院高知楼

我梦中的小翠鸟

　　六月十五夜，在我两次醒来之后，大约是清晨五时半吧，我又睡着了，而且做了一个使我永不忘怀的梦。

　　我梦见：我仿佛是坐在一辆飞驰着的车里，这车不知道是火车？是大面包车？还是小轿车？但这些车的坐垫和四壁都是深红色的。我伸着左掌，掌上立着一只极其纤小的翠鸟。

　　这只小翠鸟绿得夺目，绿得醉人！它在我掌上清脆吟唱着极其动听的调子。那高亢的歌声和它纤小的身躯，毫不相衬。

　　我在梦中自己也知道这是个梦。我对自己说，醒后我一定把这个神奇的梦，和这个永远铭刻在我心中的小翠鸟写下来，……这时窗外啼鸟的声音把我从双重的梦中唤醒了，而我的眼中还闪烁着那不可逼视、翠绿的光，耳边还缭绕着那动人的吟唱。

　　做梦总有个来由吧？是什么时候、什么回忆、什么所想，使我做了这么一个翠绿的梦？我想不出来了。

一九九〇年六月十六日响晴之晨

老舍和孩子们

　　我认识老舍先生是在三十年代初期一个冬天的下午。这一天，郑振铎先生把老舍带到北京郊外燕京大学我们的宿舍里来。我们刚刚介绍过，寒暄过，我给客人们倒茶的时候，一转身看见老舍已经和我的三岁的儿子，头顶头地跪在地上，找一只狗熊呢。当老舍先生把手伸到椅后拉出那只小布狗熊的时候，我的儿子高兴得抱住这位陌生客人的脖子，使劲地亲了他一口！这逗得我们都笑了。直到把孩子打发走了，老舍才掸了掸裤子，坐下和我们谈话。他给我的第一个难忘的印象是：他是一个热爱生活、热爱孩子的人。

　　从那时起，他就常常给我寄来他的著作，我记得有：《老张的哲学》《二马》《小坡的生日》，还有其他的作品。我的朋友许地山先生、郑振铎先生等都告诉过我关于老舍先生的家世、生平，以及创作的经过，他们说他是出身于贫苦的满族家庭，饱经忧患。他是在英国伦敦大学东方学院教汉语时，开始写他的第一部小说《老张的哲学》的；并说他善于描写劳动人民的生活和感情，很有英国名作家狄更斯的风味，等等。我自己也感到他的作品有特殊的魅力，他的传神生动的语言，充分地表现了北京的地方色彩；充分地传达了北京劳动人民的悲愤和辛酸、向往与希望。他的幽默里有伤心的眼泪,黑暗里又看到了阶级友爱的温暖和光明。每一个书中人物都用他或她的最合身份、最地道的北京话,说出了旧社会给他们打上的烙印或创伤。这一点,在我们一代的作家中是独树一帜的。

我们和老舍过往较密的时期,是在抗战期间的重庆。那时我住在重庆郊外的歌乐山,老舍是我家的熟客,更是我的孩子们最欢迎的人。"舒伯伯"一来了,他们和他们的小朋友们,就一窝蜂似的围了上来,拉住不放,要他讲故事,说笑话,老舍也总是笑嘻嘻地和他们说个没完。这时我的儿子和大女儿已经开始试看小说了,也常和老舍谈着他的作品。有一次我在旁边听见孩子们问:"舒伯伯,您书里的好人,为什么总是姓李呢?"老舍把脸一绷,说:"我就是喜欢姓李的!——你们要是都做好孩子,下次我再写书,书里的好人就姓吴了!"孩子们都高兴得拍起手来,老舍也跟着大笑了。

因为老舍常常被孩子们缠住,我们没有谈正经事的机会。我们就告诉老舍:"您若是带些朋友来,就千万不要挑星期天,或是在孩子们放学的时候。"于是老舍有时就改在下午一两点钟和一班朋友上山来了。我们家那几间土房子是没有围墙的,从窗外的山径上就会听见老舍豪放的笑声:"泡了好茶没有?客人来了!"我记得老舍赠我的诗笺中,就有这么两句:

闲来喜过故人家,
挥汗频频索好茶。

现在,老舍赠我的许多诗笺,连同他们夫妇赠我的一把扇子——一面写的是他自己的诗,一面是胡絜青先生画的花卉,在"四人帮"横行的时候都丢失了! 这个损失是永远补偿不了的!

抗战胜利后,我们到了日本,老舍去了美国。这时我的孩子们不但喜欢看书,而且也会写信了。大概是因为客中寂寞吧,老舍和我的孩子们的通信相当频繁,还让国内的书店给孩子们寄书,如《骆驼祥子》《四世同堂》,等等。有一次我的大女儿把老舍给她信中的一段念给我听,大意是:你们把我捧得这么高,我登上纽约的百层大楼,往下一看,觉得自己也真是不矮! 我的小女儿还说:"舒伯伯给我的信里说,他在纽约,就像一条丧家之犬。"一个十岁的小女孩,哪里懂得一个热爱祖国、热爱人民的作家,去国怀乡的辛酸滋味呢?

一九五一年,我们从日本回来。一九五二年的春天,我正生病,老舍来看我。他拉过一张椅子,坐在我的床边,眉飞色舞地和我谈到解放后北京的新人新事,谈着毛主席和周总理对文艺工作者的鼓励和关怀。这时我的孩子们听说屋里坐的客人是"舒伯伯"的时候,就都轻轻地走了进来,站在门边,静静地听着我们谈话。老舍回头看见了,从头到脚扫了他们一眼,笑问:"怎么? 不认得'舒伯伯'啦?"这时,这些孩子已是大学、高中和初中生了,他们走了过来,不是拉着胳膊抱着腿了,而是用双手紧紧握住"舒伯伯"的手,带点羞涩地说,"不是我们不认得您,是您不认得我们了!"老舍哈哈大笑地说:"可不是,你们都是大小伙子,大小姑娘了,我却是个小老头儿了!"

顿时屋里又欢腾了起来！

一九六六年九月的一天，我的大女儿从兰州来了一封信，信上说："娘，舒伯伯逝世了，您知道吗？"这对我是一声晴天霹雳，这么一个充满了活力的人，怎么会死呢！那时候，关于我的朋友们的消息，我都不知道，我也无从知道……

"四人帮"打倒了以后，我和我们一家特别怀念老舍，我们常常悼念他，悼念在"四人帮"疯狂迫害下，我们的第一个倒下去的朋友！前几天在电视上看到《龙须沟》重新放映的时候，我们都流下了眼泪，不但是为这感人的故事本身，而是因为"人民艺术家"没有能看到我们的第二次解放！一九五三年在我写的《陶奇的暑期日记》那篇小说里，在七月二十九日那一段，就写到陶奇和她的表妹小秋看《龙须沟》影片后的一段对话，那实际就是我的大女儿和小女儿的一段对话：

> 看完电影出来……我看见小秋的眼睛还红着，就过去搂着她，劝她说："你知道吧？这都是解放以前的事了。后来不是龙须沟都修好了，人民日子都好过了吗？我们永远不会再过那种苦日子了。"
>
> 小秋点了点头，说："可是二妞子已经死了，她什么好事情都没有看见！"我心里也难受得很。

二十五年以后，我的小女儿，重看了《龙须沟》这部电影，不知不觉地又重说了她小时候说过的话："'四人帮'打倒了，我们第二次解放了，可惜舒伯伯看不见了！"这一次我的大女儿并没有过去搂着她，而是擦着眼泪，各自低头走开了！

在刚开过的中国文联全委扩大会议上，看到了许多活着而病残的文艺界朋友，我的脑中也浮现了许多死去的文艺界朋友——尤其是老舍。老舍若是在世，他一定会做出揭发"四人帮"的义正词严淋漓酣畅的发言。可惜他死了！

关于老舍，许多朋友都写出了自己对于他的怀念、痛悼、赞扬的话。一个"人民艺术家""语言大师""文艺界的劳动模范"的事迹和成就是多方面的，每一个朋友对于他的认识，也各有其一方面，从每一个侧面投射出一股光柱，许多股光柱合在一起，才能映现出一个完全的老舍先生！为老舍的不幸逝世而流下悲愤的眼泪的，决不止是老舍的老朋友、老读者，还有许许多多的青少年。老舍若是不死，他还会写出比《宝船》《青蛙骑士》更好的儿童文学作品，因为热爱儿童，就是热爱着祖国和人类的未来！在党中央向科学文化进军的伟大号召下，他会更以百倍的热情为儿童写作的。

感谢党中央，粉碎了"四人帮"，也挽救了文艺界，使我能在十二年之后，终于写出了这篇悼念老舍先生的文章。如今是大地回春，百花齐放。我的才具比老舍先生差远了，但是我还活着，我将效法他辛勤劳动的榜样，以一颗热爱儿童的心，为本世纪之末的四个现代化的社会主义祖国的主人，努力写出一点有益于他们的东西！

一九七八年六月二十一日

腊八粥

第五编

腊 八 粥

从我能记事的日子起，我就记得每年农历十二月初八，母亲给我们煮腊八粥。

这腊八粥是用糯米、红糖和十八种干果掺在一起煮成的。干果里大的有红枣、桂圆、核桃、白果、杏仁、栗子、花生、葡萄干，等等，小的有各种豆子和芝麻之类，吃起来十分香甜可口。母亲每年都是煮一大锅，不但合家大小都吃到了，有多的还分送给邻居和亲友。

母亲说：这腊八粥本来是佛教寺煮来供佛的——十八种干果象征着十八罗汉，后来这风俗便在民间通行，因为借此机会，清理厨柜，把这些剩余杂果，煮给孩子吃，也是节约的好办法。最后，她叹一口气说："我的母亲是腊八这一天逝世的，那时我只有十四岁。我伏在她身上痛哭之后，赶忙到厨房去给父亲和哥哥做早饭，还看见灶上摆着一小锅她昨天煮好的腊八粥，现在我每年还煮这腊八粥，不是为了供佛，而是为了纪念我的母亲。"

我的母亲是一九三〇年一月七日逝世的，正巧那天也是农历腊八！那时我已有了自己的家，为了纪念我的母亲，我也每年在这一天煮腊八粥。虽然我凑不上十八种干果，但是孩子们也还是爱吃的。抗战后南北迁徙,有时还在国外,尤其是最近的十年,我们几乎连个"家"都没有,也就把"腊八"这个日子淡忘了。

今年"腊八"这一天早晨,我偶然看见我的第三代几个孩子,围在桌旁边,在洗红枣,剥花生,看见我来了,都抬起头来说:"姥姥,以后我们每年还煮腊八粥吃吧! 妈妈说这腊八粥可好吃啦。您从前是每年都煮的。"我笑了,心想这些孩子们真馋。我说:"那是你妈妈们小时候的事情了。在抗战的时候,难得吃到一点甜食;吃腊八粥就成了大典。现在为什么还找这个麻烦?"

他们彼此对看了一下,低下头去,一个孩子轻轻地说:"妈妈和姨妈说,您母亲为了纪念她的母亲,就每年煮腊八粥,您为了纪念您的母亲,也每年煮腊八粥。现在我们为了纪念我们敬爱的周总理,周爷爷,我们也要每年煮腊八粥! 这些红枣、花生、栗子和我们能凑来的各种豆子,不是代表十八罗汉,而是象征着我们这一代准备走上各条战线的中国少年,大家紧紧地、融洽地、甜甜蜜蜜地团结在一起……"他一面从口袋里掏出一小张叠得很平整的小日历纸,在一九七六年一月八日的下面,印着"农历乙卯年十二月八日"字样。他把这张小纸送到我眼前说:"您看,这是妈妈保留下来的。周爷爷的忌辰,就是腊八!"

我没有说什么,只泫然地低下头去,和他们一同剥起花生来。

一九七九年二月三日凌晨

我的故乡

　　我生于一九〇〇年十月五日（农历庚子年闰八月十二日），七个月后我就离开了故乡——福建福州。但福州在我的心里，永远是我的故乡，因为它是我的父母之乡。我从父母亲口里听到的极其琐碎而又极其亲切动人的故事，都是以福州为背景的。

　　我母亲说：我出生在福州城内的隆普营。这所祖父租来的房子里，住着我们的大家庭，院里有一个池子，那时福州常发大水，水大的时候，池子里的金鱼都游到我们的屋里来。

　　我的祖父谢子修（銮恩）老先生，是个教书匠，在城内的道南祠授徒为业。他是我们谢家第一个读书识字的人。我记得在我十一岁那年（一九一一年），从山东烟台回到福州的时候，在祖父的书架上，看到薄薄的一本套红印的家谱。第一位祖先是昌武公，以下是顺云公、以达公，然后就是我的祖父。上面仿佛还讲我们谢家是从江西迁来的，是晋朝谢安的后裔。但是在一个清静的冬夜，祖父和我独对的时候，他忽然摸着我的头说："你是我们谢家第一个正式上学读书的女孩子，你一定要好好地读呵。"说到这里，他就原原本本地讲起了我们贫寒的家世！原来我的曾祖父以达公，是福建长乐县横岭乡的一个贫农，因为天灾，逃到了福州城里学做裁缝。这和我们现在遍布全球的第一代华人一样，都是为祖国的天灾人祸所迫，漂洋过海，靠着不用资本的三把刀，剪刀（成衣业）、厨刀（饭馆业）、剃刀（理发业）起家的，不过我的曾祖父还没有逃得那么远！

那时做裁缝的是一年三节，即春节、端午节、中秋节，才可以到人家去要账。这一年的春节，曾祖父到人家要钱的时候，因为不认得字，被人家赖了账，他两手空空垂头丧气地回到家里，等米下锅的曾祖母听到这不幸的消息，沉默了一会，就含泪走了出去，半天没有进来。曾祖父出去看时，原来她已在墙角的树上自缢了！他连忙把她解救了下来，两人抱头大哭；这一对年轻的农民，在寒风中跪下对天立誓：将来如蒙天赐一个儿子，拼死拼活，也要让他读书识字，好替父亲记账、要账。但是从那以后我的曾祖母却一连生了四个女儿，第五胎才来了一个男的，还是难产。这个难得出生的男孩，就是我的祖父谢子修先生，乳名"大德"的。

这段故事，给我的印象极深，我的感触也极大！假如我的祖父是一棵大树，他的第二代就是树枝，我们就都是枝上的密叶；叶落归根，而我们的根，是深深地扎在福建横岭乡的田地里的。我并不是"乌衣门第"出身，而是一个不识字、受欺凌的农民裁缝的后代。曾祖父的四个女儿，我的祖姑母们，仅仅因为她们是女孩子，就被剥夺了读书识字的权利！当我把这段意外的故事，告诉我的一个堂哥哥的时候，他却很不高兴地问我是听谁说的？当我告诉他这是祖父亲口对我讲的时候，他半天不言语，过了一会才悄悄地吩咐我，不要把这段故事再讲给别人听。当下，我对他的"忘本"和"轻农"就感到极大的不满！从那时起，我就不再遵守我们谢家写籍贯的习惯。我写在任何表格上的籍贯，不再是祖父"进学"地点的"福建闽侯"，而是"福建长乐"，以此来表示我的不同意见！

我这一辈子，到今日为止，在福州不过前后待了两年多，更不用说长乐县的横岭乡了。但是我记得在一九一一年到一九一二年之间我们在福州的时候，横岭乡有几位父老，来邀我的父亲回去一趟。他们说横岭乡小，总是受人欺侮，如今族里出了一个军官，应该带几个兵勇回去夸耀夸耀。父亲恭敬地说：他可以回去祭祖，但是他没有兵，也不可能带兵去。我还记得父老们送给父亲一个红纸包的见面礼，那是一百个银角子，合起值十个银圆。父亲把这一个红纸包退回了，只跟父老们到横岭乡去祭了祖。一九二〇年前后，我在北京《晨报》写过一篇叫作《还乡》的短篇小说，就讲的是这个故事。现在这张剪报也找不到了。

从祖父和父亲的谈话里，我得知横岭乡是极其穷苦的。农民世世代代在田地上辛勤劳动，过着蒙昧贫困的生活，只有被卖去当"戏子"，才能逃出本土。当我看到那包由一百个银角子凑成的"见面礼"时，我联想到我所熟悉的山东烟台东山金钩寨的穷苦农民来，我心里涌上了一股说不出来难过的滋味！

我很爱我的祖父，他也特别的爱我，一来因为我不常在家，二来因为我虽然常去看书，却从来没有翻乱他的书籍，看完了也完整地放回原处。一九一一年我回到福州的时候，我是时刻围绕在他的身边转的。那时我们的家是住在"福州城内南后街杨桥巷口万兴桶石店后"。这个住址，现在我写起来还非常地熟悉、亲切,因为自从我会写字起,我的父母亲就时常督促我给祖父写信,信封也要我自己写。这所房子很大,住着我们大家庭的四房人。祖父和我们这一房,就住在大厅堂的两边,我们这边的前后房,住着我们一家六口,祖父的前、后房,只有他一个人和满屋满架的书,那里成了我的乐园,我一得空就钻进去翻书看。我所看过的书,给我的印象最深的是清袁枚(子才)的笔记小说《子不语》,还有我祖父的老友林纾(琴南)老先生翻译的线装的法国名著《茶花女遗事》。这是我以后竭力搜求"林译小说"的开始,也可以说是我追求阅读西方文学作品的开始。

我们这所房子,有好几个院子,但它不像北方的"四合院"的院子,只是在一排或一进屋子的前面,有一个长方形的"天井",每个"天井"里都有一口井,这几乎是福州房子的特点。这所大房里,除了住人的以外,就是客室和书房。几乎所有的厅堂和客室、书房的柱子上墙壁上都贴着或挂着书画。正房大厅的柱子上有红纸写的很长的对联,我只记得上联的末一句,是"江左风流推谢傅",这又是对晋朝谢太傅攀龙附凤之作,我就不屑于记它!但这些挂幅中的确有许多很好很值得记忆的,如我的伯叔父母居住的东院厅堂的楹联,就是:

海阔天高气象
风光月霁襟怀

又如西院客室楼上有祖父自己写的:

　　知足知不足

　　有为有弗为

这两副对联，对我的思想教育极深。祖父自己写的横幅，更是
到处都有。我只记得有在道南祠种花诗中的两句：

　　花花相对叶相当

　　红紫青蓝白绿黄

在西院紫藤书屋的过道里还有我的外叔祖父杨维宝（颂岩）老
先生送给我祖父的一副对联是：

　　有子才如不羁马

　　知君身是后凋松

那几个字写得既圆润又有力！我很喜欢这一副对子，因为"不
羁马"夸奖了他的侄婿，我的父亲，"后凋松"就称赞了他的老
友，我的祖父！
　　从"不羁马"应当说到我的父亲谢葆璋（镜如）了。他是我
祖父的第三个儿子。我的两个伯父，都继承了我祖父的职业，
做了教书匠。在我父亲十七岁那年，正好祖父的朋友严复（幼
陵）老先生，回到福州来招海军学生，他看见了我的父亲，认为
这个青年可以"投笔从戎"，就给我父亲出了一道诗题，是"月

到中秋分外明",还有一道八股的破题。父亲都做出来了。在一个穷教书匠的家里,能够有一个孩子去当"兵"领饷,也还是一件好事,于是我的父亲就穿上一件用伯父们的两件长衫和半斤棉花缝成的棉袍,跟着严老先生到天津紫竹林的水师学堂,去当了一名驾驶生。

父亲大概没有在英国留过学,但是作为一名巡洋舰上的青年军官,他到过好几个国家,如英国、日本。我记得他曾气愤地对我们说:"那时堂堂一个中国,竟连一首国歌都没有!我们到英国去接收我们中国购买的军舰,在举行接收典礼仪式时,他们竟奏一首《妈妈好糊涂》的民歌调子,作为中国的国歌,你看!"

甲午中日海战之役,父亲是"威远"舰上的枪炮二副,参加了海战。这艘军舰后来在威海卫被击沉了。父亲泅到刘公岛,从那里又回到了福州。

我的母亲常常对我谈到那一段忧心如焚的生活。我的母亲杨福慈,十四岁时她的父母就相继去世,跟着她的叔父颂岩先生过活,十九岁嫁到了谢家。她的婚姻是在她九岁时由我的祖父和外祖父做诗谈文时说定的。结婚后小夫妻感情极好,因为我父亲长期在海上生活,"会少离多",因此他们通信很勤,唱和的诗也不少。我只记得父亲写的一首七绝中的三句:

　　　　××××××××,
　　　此身何事学牵牛,
　　　燕山闽海遥相隔,

会少离多不自由。

甲午海战爆发后,因为海军里福州人很多,阵亡的也不少,因此我们住的这条街上,今天是这家糊上了白纸的门联,明天又是那家糊上白纸门联。母亲感到这副白纸门联,总有一天会糊到我们家的门上!她悄悄地买了一盒鸦片烟膏,藏在身上,准备一旦得到父亲阵亡的消息,她就服毒自尽。祖父看到了母亲沉默而悲哀的神情,就让我的两个堂姐姐,日夜守在母亲身旁。家里有人还到庙里去替我母亲求签,签上的话是:

筵以散,
堂中寂寞恐难堪,
若要重欢,
除是一轮月上。

母亲半信半疑地把签纸收了起来。过了些日子,果然在一个明月当空的夜晚,听到有人敲门,母亲急忙去开门时,月光下看见了辗转归来的父亲!母亲说:"那时你父亲的脸,才有两个指头那么宽!"

从那时起,这一对年轻夫妻,在会少离多的六七年之后,才厮守了几个月。那时母亲和她的三个妯娌,每人十天替大家庭轮流做饭,父亲便帮母亲劈柴、生火、打水,做个下手。不久,海军名宿萨鼎铭(镇冰)将军,就来了一封电报,把我父亲召出去了。

一九一二年，我在福州时期，考上了福州女子师范学校预科，第一次过起了学校生活。头几天我还很不惯，偷偷地流过许久眼泪，但我从来没有对任何人说过，怕大家庭里那些本来就不赞成女孩子上学的长辈们，会出来劝我辍学！但我很快地就交上了许多要好的同学。至今我还能顺老师上班点名的次序，背诵出十几个同学的名字。福州女师的地址，是在城内的花巷，是一所很大的旧家第宅，我记得我们课堂边有一个小池子，池边种着芭蕉。学校里还有一口很大的池塘，池上还有一道石桥，连接在两处亭馆之间。我们的校长是黄花岗七十二烈士中之一的方声洞先生的姐姐方君瑛女士。我们的作文老师是林步瀛先生。在我快离开女师的时候，还来了一位教体操的日本女教师，姓石井的，她的名字我不记得了。我在这所学校只读了三个学期，中华民国成立后，海军部长黄钟瑛（赞侯），又来了一封电报，把父亲召出去了。不久，我们全家就到了北京。

我对于故乡的回忆，只能写到这里，十几年来，我还没有这样地畅快挥写过！我的回忆像初融的春水，涌溢奔流。十几年来，睡眠也少了，"晓枕心气清"，这些回忆总是使人欢喜而又惆怅地在我心头反复涌现。这一幕一幕的图画或文字，都是我的弟弟们没有看过或听过的，即使他们看过听过，他们也不会记得懂得的，更不用说我的第二代第三代了。我有时想如果不把这些写记下来，将来这些图文就会和我的刻着印象的头脑一起消失。这是否可惜呢？但我同时又想，这些都是关于个人的东西，不留下或被忘却也许更好。这两种想法在我心里矛盾了许多年。

一九三六年冬，我在英国的伦敦，应英国女作家弗吉尼亚·沃尔夫（Virginia Woolf）之约，到她家喝茶。我们从伦敦的雾，中国和英国的小说、诗歌，一直谈到当时英国的英王退位和中国的西安事变。她忽然对我说："你应该写一本自传。"我摇头笑说："我们中国人没有写自传的风习，而且关于我自己也没有什么可写的。"她说："我倒不是要你写自己，而是要你把自己作为线索，把当地的一些社会现象贯穿起来，即使是关于个人的一些事情，也可作为后人参考的史料。"我当时没有说什么，谈锋又转到别处去了。

事情过去四十三年了，今天回想起来，觉得她的话也有些道理。"思想再解放一点"，我就把这些在我脑子里反复呈现的图画和文字，奔放自由地写在纸上。

记得在半个世纪之前，在我写《往事》（之一）的时候，曾在上面写过这么几句话：

  索性凭着深刻的印象

   将这些往事

   移在白纸上罢——

  再回忆时

   不向心版上搜索了！

这几句话，现在还是可以应用的。把这些图画和文字，移在白纸上之后，我心里的确轻松多了！

一九七九年二月十一日

我的童年

　　我生下来七个月，也就是一九〇一年的五月，就离开我的故乡福州，到了上海。

　　那时我的父亲是"海圻"巡洋舰的副舰长，舰长是萨镇冰先生。巡洋舰"海"字号的共有四艘，就是"海圻""海筹""海琛""海容"，这几艘军舰我都跟着父亲上去过。听说还有一艘叫作"海天"的，因为舰长驾驶失误，触礁沉没了。

　　上海是个大港口，巡洋舰无论开到哪里，都要经过这里停泊几天，因此我们这一家便搬到上海来，住在上海的昌寿里。这昌寿里是在上海的哪一区，我就不知道了，但是母亲所讲的关于我很小时候的故事，例如我写在《寄小读者》通讯（十）里面的一些，就都是以昌寿里为背景的。我关于上海的记忆，只有两张相片作为根据，一张是父亲自己照的：年轻的母亲穿着沿着阔边的衣裤，坐在一张有床架和帐楣的床边上，脚下还摆着一个脚炉，我就站在她的身旁，头上是一顶青绒的帽子，身上是一件深色的棉袍。父亲很喜欢玩些新鲜的东西，例如照相，我记得他的那个照相机，就有现在卫生员背的药箱那么大！他还有许多冲洗相片的器具，至今我还保存有一个玻璃的漏斗，就是洗相片用的器具之一。另一张相片是在照相馆照的，我的祖父和老姨太坐在茶几的两边，茶几上摆着花盆、盖碗茶杯和水烟筒，祖父穿着夏天的衣衫，手里拿着扇子；老姨太穿着沿着阔边的上衣，下面是青纱裙子。我自己坐在他们中间茶几前面的一张小椅子上，头上梳着两个丫角，身上穿的是浅色衣裤，两手按在膝头，手腕和脚踝上都戴有银镯子，看样子不过有两三岁，至少是会走了吧。

父亲四岁丧母，祖父一直没有再续弦，这位老姨太大概是祖父老了以后才娶的。我在一九一一年回到福州时，也没有听见家里人谈到她的事，可见她在我们家里的时间是很短暂的，记得我们住在山东烟台的时期内，祖父来信中提到老姨太病故了。当我们后来拿起这张相片谈起她时，母亲就夸她的活计好，她说上海夏天很热，可是老姨太总不让我光着膀子，说我背上的那块蓝"记"是我的前生父母给涂上的，让他们看见了就来讨人了。她又知道我母亲不喜欢红红绿绿的，就给我做白洋纱的衣裤或背心，沿上黑色烤绸的边，看去既凉爽又醒目。母亲说她太费心了，她说费事倒没有什么，就是太素淡了。的确，我母亲不喜欢浓艳的颜色，我又因为从小男装，所以我从来没有扎过红头绳。现在，这两张相片也找不到了。

在上海那两三年中，父亲隔几个月就可以回来一次。母亲谈到夏天夜里，父亲有时和她坐马车到黄浦滩上去兜风，她认为那是她在福州时所想望不到的。但是父亲回到家来，很少在白天出去探亲访友，因为舰长萨镇冰先生说不定什么时候就会派水兵来叫他。萨镇冰先生是父亲在海军中最敬仰的上级，总是亲昵地称他为"萨统"。（"统"就是"统领"的意思，我想这也和现在人称的"朱总""彭总""贺总"差不多。)我对萨统的印象也极深。记得有一次，我拉着一个来召唤我父亲的水手，不让他走，他笑说："不行，不走要打屁股的！"我问："谁叫打？用什么打？"他说"军官叫打就打，用绳子打，打起来就是'一打'，'一打'就是十二下。"我说："绳子打不疼吧？"他用手指比画着说："喝！你试试看，我们船上用的绳索粗着呢，浸透了水，打起来比棒子还疼呢！"我着急地问："我父亲若不回去，萨统会打他吧？"他摇头笑说："不会的，当官的顶多也就记一个过。萨统很少打人，你父亲也不打人，打起来也只打'半打'，还叫用干索子。"我问："那就不疼了吧？"他说："那就好多了……"这时父亲已换好军装出来，他就笑着跟在后面走了。

大概就在这个时候，母亲生了一个妹妹，不几天就夭折了。头几天我还搬过一张凳子，爬上床去亲她的小脸，后来床上就没有她了。我问妹妹哪里去了，祖父说妹妹逛大马路去了，但她始终就没有回来！

一九〇三至一九〇四年之间，父亲奉命到山东烟台去创办海军军官学校。我们搬到烟台，祖父和老姨太又回到福州去了。

我们到了烟台，先住在市内的海军采办厅，所长叶茂蕃先生让出一间北屋给我们住。南屋是一排三间的客厅，就成了父亲会客和办公的地方。我记得这客厅里有一副长联是：

此地有崇山峻岭茂林修竹
是能读三坟五典八索九丘

　　我提到这一副对联，因为这是我开始识字的一本课文！父亲那时正忙于拟定筹建海军学校的方案，而我却时刻缠在他的身边，说这问那，他就停下笔指着那副墙上的对联说："你也学着认认字好不好？你看那对子上的山、竹、三、五、八、九这几个字不都很容易认吗？"于是我就也拿起一支笔，坐在父亲的身旁一边学认一边学写，就这样，我把对联上的二十二个字都会念会写了，虽然直到现在我还不知道这"三坟五典八索九丘"究竟是哪几本古书。

　　不久，我们又搬到烟台东山北坡上的一所海军医院去寄居。这时来帮我父亲做文书工作的，我的舅舅杨子敬先生，也把家从福州搬来了，我们两家就住在这所医院的三间正房里。

　　这所医院是在陡坡上坐南朝北盖的，正房比较阴冷，但是从廊上东望就看见了大海！从这一天起，大海就在我的思想感情上占了一个极其重要的位置。我常常心里想着它，嘴里谈着它，笔下写着它；尤其是三年前的十几年里，当我忧从中来，无可告语的时候，我一想到大海，我的心胸就开阔了起来，宁静了下去！一九二四年我在美国养病的时候，曾写信到国内请人写一副"集龚"的对联，是：

　　世事沧桑心事定
　　胸中海岳梦中飞

谢天谢地，因为这副很短小的对联，当时是卷起压在一只大书箱的箱底的，"四人帮"横行，我家被抄的时候，它竟没有和我其他珍藏的字画一起被抄走！

现在再回来说这所海军医院。它的东厢房是病房，西厢房是诊室，有一位姓李的老大夫，病人不多。门房里还住着一位修理枪支的师傅，大概是退伍军人吧！我常常去蹲在他的炭炉旁边，和他攀谈。西厢房的后面有个大院子，有许多花果树，还种着满地的花，还养着好几箱的蜜蜂，花放时热闹得很。我就因为常去摘花，被蜜蜂螫了好几次，每次都是那位老大夫给我上的药，他还告诫我：花是蜜蜂的粮食，好孩子是不抢人的粮食的。

这时，认字读书已成了我的日课，母亲和舅舅都是我的老师，母亲教我认"字片"，舅舅教我的课本，是商务印书馆的国文教科书第一册，从"天地日月"学起。有了海和山做我的活动场地，我对于认字，就没有了兴趣，我在一九三二年写的《冰心选集》自序中，曾有过这一段，就是以海军医院为背景的：

> ……有一次母亲关我在屋里，叫我认字，我却挣扎着要出去。父亲便在外面，用马鞭子重重地敲着堂屋的桌子，吓唬我，可是从未打到我的头上的马鞭子，也从未把我爱跑的癖气吓唬回去……

不久，我们又翻过山坡，搬到东山东边的海军练营旁边新盖好的房子里。这座房子盖在山坡挖出来的一块平地上，是个四合院，住着筹备海军学校的职员们。这座练营里已住进了一批新招来的海军学生，但也住有一营（？）的练勇（大概那时父亲也兼任练营的营长）。我常常跑到营门口去和站岗的练勇谈话。他们不像兵舰上的水兵那样穿白色军装。他们的军装是蓝布包头，身上穿的也是蓝色衣裤，胸前有白线绣的"海军练勇"字样。当我跟着父亲走到营门口，他们举枪立正之后，父亲进去了就挥手叫我回来。我等父亲走远了，却拉那位练勇蹲了下来，一面摸他的枪，一面问："你也打过海战吧？"他摇头说："没有。"我说："我父亲就打过，可是他打输了！"他站了起来，扛起枪，用手拍着枪托子，说："我知道，你父亲打仗的时候，我还没当兵呢。你等着，总有一天你的父亲还会带我们去打仗，我们一定要打个胜仗，你信不信？"这几句带着很浓厚山东口音的誓言，一直在我的耳边回响着！

回想起来，住在海军练营旁边的时候，是我在烟台八年之中，离海最近的一段。这房子北面的山坡上，有一座旗台，是和海上军舰通旗语的地方。旗台的西边有一条山坡路通到海边的炮台，炮台上装有三门大炮，炮台下面的地下室里还有几个鱼雷，说是"海天"舰沉后捞上来的。这里还驻有一支穿白衣军装的军乐队，我常常跟父亲去听他们演习，我非常尊敬而且羡慕那位乐队指挥！炮台的西边有一个小码头。父亲的舰长朋友们来接送他的小汽艇，就是停泊在这码头边上的。

写到这里，我觉得我渐渐地进入了角色！这营房、旗台、炮台、码头，和周围的海边山上，是我童年初期活动的舞台。我在一九六二年九月十八日夜曾写过一篇叫作《海恋》的散文，里面有：

>……我童年活动的舞台上，从不更换布景……在清晨我看见金盆似的朝日，从深黑色、浅灰色、鱼肚白色的云层里，忽然涌了上来，这时太空轰鸣，浓金泼满了海面，染透了诸天……在黄昏我看见银盘似的月亮颤巍巍地捧出了水平，海面变成一层层一道道的由浓黑而银灰渐渐地漾成光明闪烁的一片……这个舞台，绝顶静寂，无边辽阔，我既是演员，又是剧作者。我虽然单身独自，我却感到无限的欢畅与自由。

就在这个期间，一九○六年，我的大弟谢为涵出世了。他比我小得多，在家塾里的表哥哥和堂哥哥们又比我大得多；他们和我玩不到一块儿，这就造成了我在山巅水涯独往独来的性格。这时我和父亲同在的时间特别多。白天我开始在家塾里附学，念一点书，学作一些短句子，放了学父亲也从营里回来，他就教我打枪、骑马、划船，夜里就指点我看星星。逢年过节，他也带我到烟台市上去，参加天后宫里海军军人的聚会演戏，或到玉皇顶去看梨花，到张裕酿酒公司的葡萄园里去吃葡萄，更多的时候，就是带我到进港的军舰上去看朋友。

一九○八年，我的二弟谢为杰出世了，我们又搬到海军学校后面的新房子里来。

这所房子有东西两个院子，西院一排五间是我们和舅舅一家合住的。我们住的一边，父亲又在尽东头面海的一间屋子上添盖了一间楼房，上楼就望见大海。我在《海恋》中有过这么一段描写，就是在这楼上所望见的一切：

> 右边是一座屏幛似的连绵不断的南山，左边是一带围抱过来的丘陵，土坡上是一层一层的麦地，前面是平坦无际的淡黄的沙滩。在沙滩与我之间，有一簇依山上下高低不齐的农舍，亲热地偎倚成一个小小的村落。在广阔的沙滩前面，就是那片大海！这大海横亘南北，布满东方的天边，天边有几笔淡墨画成的海岛，那就是芝罘岛，岛上有一座灯塔……

在这时期，我上学的时间长了，看书的时间也多了，主要的还是因为离海远些了，父亲也忙些了，我好些日子才到海滩上去一次，我记得这海滩上有一座小小的龙王庙，庙门上的对联是：

群生被泽
四海安澜

因为少到海滩上去，那间望海的楼房就成了我常去的地方。这房间算是客房，但是客人很少来住，父亲和母亲想要习静的时候就到那里去。我最喜欢在风雨之夜，倚栏凝望那灯塔上的一停一射的强光，它永远给我以无限的温暖快慰的感觉！

这时，我们家塾里来了一位女同学，也是我的第一个女伴，她是父亲同事李毓丞先生的女儿名叫李梅修的，她比我只大两岁，母亲说她比我稳静得多。她的书桌和我的摆在一起，我们十分要好。这时，我开始学会了"过家家"，我们轮流在自己"家"里"做饭"，互相邀请，吃些小糖小饼之类。一九一一年，我们在福州的时候，父亲得到李伯伯从上海的来信，说是李梅修病故了，我们都很难过，我还写了一篇《祭亡友李梅修文》寄到上海去。

我和李梅修谈话或做游戏的地方，就在楼房的廊上，一来可以免受表哥哥和堂哥哥们的干扰，二来可以赏玩海景和园景。从楼廊上往前看是大海，往下看就是东院那个客厅和书斋的五彩缤纷的大院子。父亲公余喜欢栽树种花，这院子里种有许多果树和各种的花。花畦是父亲自己画的种种几何形的图案，花径是从海滩上挑来的大卵石铺成的，我们清晨起来，常常在这里活动。我记得我的小舅舅杨子玉先生，他是我的外叔祖父杨颂岩老先生的儿子，那时正在唐山路矿学堂肄业，夏天就到我们这里来度假。他从烟台回校后，曾寄来一首长诗，头几句我忘了，后几句是：

…………
…………
忆昔夏日来芝罘
照眼繁花簇小楼
清晨微步惬情赏

向晚琼筵勤劝酬

欢娱苦短不逾月

别来倏忽惊残秋

花自凋零吾不见

共怜福分几生修

　　小舅舅是我们这一代最欢迎的人,他最会讲故事,讲得有声有色。他有时讲吊死鬼的故事来吓唬我们,但是他讲得更多的是民族意识很浓厚的故事,什么洪承畴卖国啦,林则徐烧鸦片啦,等等,都讲得慷慨淋漓,我们听过了往往兴奋得睡不着觉!他还拉我的父亲和父亲的同事们组织赛诗会,就是:在开会时大家议定了题目,限了韵,各人分头做诗,传观后评定等次,也预备了一些奖品,如扇子、笺纸之类。赛诗会总是晚上在我们书斋里举行,我们都坐在一边旁听。现在我只记得父亲做的《咏蟋蟀》一首,还不完全:

庭前……正花黄

床下高吟际小阳

笑尔专寻同种斗

争来名誉亦何香

　　还有《咏茅屋》一首,也只记得两句:

…………

．．．．．．．．．．．

久处不须忧瓦解

雨余还得草根香

我记住了这些句子,还是因为小舅舅和我父亲开玩笑,说他做诗也解脱不了军人的本色。父亲也笑说:"诗言志嘛,我想到什么就写什么,当然用词赶不上你们那么文雅了。"但是我体会到小舅舅的确很喜欢父亲的"军人本色",我的舅舅们和父亲以及父亲的同事们在赛诗会后,往往还谈到深夜。那时我们都睡觉去了,也不知道他们都谈些什么。

小舅舅每次来过暑假,都带来一些书,有些书是不让我们看的,越是不让看,我们就越想看,哥哥们就怂恿我去偷,偷来看时,原来都是"天讨"之类的"同盟会"的宣传册子。我们偷偷地看了之后,又偷偷地赶紧送回原处。

一九一〇年我的三弟谢为楫出世了。就在这之后不久,海军学校发生了风潮!

大概在这一年之前,那时的海军大臣载洵,到烟台海军学校视察过一次,回到北京,便从北京贵胄学堂派来了二十名满族学生,到海军学校学习。在一九一一年的春季运动会上,为着争夺一项锦标,一两年中蕴积的满汉学生之间的矛盾表面化了!这一场风潮闹得很凶,北京就派来了一个调查员郑汝成,来查办这个案件。他也是父亲的同学。他背地里告诉父亲,说是这几年来一直有人在北京告我父亲是"乱党",并举海校学生中有许多同盟会员——其中就有萨镇冰老先生的侄子

（？）萨福镝……而且学校图书室订阅的，都是《民呼报》之类，替同盟会宣传的报纸为证，等等，他劝我父亲立即辞职，免得落个"撤职查办"。父亲同意了，他的几位同事也和他一起递了辞呈。就在这一年的秋天，父亲恋恋不舍地告别了他所创办的海军学校，和来送他的朋友、同事和学生，我也告别了我的耳鬓厮磨的大海，离开烟台，回到我的故乡福州去了！

这里，应该写上一段至今回忆起来仍使我心潮澎湃的插曲。振奋人心的辛亥革命在这年的十月十日发生了！我们在回到福州的中途，在上海虹口住了一个多月。我们每天都在抢着等着看报。报上以黎元洪将军（他也是父亲的同班同学，不过父亲学的是驾驶，他学的是管轮）署名从湖北武昌拍出的起义的电报（据说是饶汉祥先生的手笔），写得慷慨激昂，篇末都是以"黎元洪泣血叩"收尾。这时大家都纷纷捐款劳军，我记得我也把攒下的十块压岁钱，送到申报馆去捐献，收条的上款还写有"幼女谢婉莹君"字样。我把这张小小的收条，珍藏了好多年，现在，它当然也和如水的年光一同消逝了！

一九七九年七月四日清晨

忆读书（节选）

一谈到读书，我的话就多了！

我会认字后不到几年，就开始读书。倒不是四岁时读母亲教给我的国文教科书，而是七岁时开始自己读"话说天下大势，分久必合，合久必分……"的《三国演义》。

那时，我的舅父杨子敬先生每天晚饭后，必给我们几个表兄妹讲一段《三国演义》，我听得津津有味，什么"宴桃园豪杰三结义，斩黄巾英雄首立功"，真是好听极了。但是他讲了半个钟头，就停下去干他的公事了。我只好带着对故事下文的无限期待，在母亲的催促下含泪上床。

此后，我决定咬了牙拿起一本《三国演义》来，自己一知半解地读了起来，居然越看越明白。虽然字音都读得不对，比如把"凯"念作"岂"，把"诸"念作"者"之类，因为只学过那个字的一半。

我第一次读《三国演义》，读到关羽死了，哭了一场，便把书丢下了。第二次再读时，到诸葛亮死了，又哭了一场，又把书丢下了。最后忘了是什么时候才把全书读到"分久必合"的结局。

因为看《三国演义》引起了我对章回小说的兴趣，对于那部述说"官迫民反"的《水浒传》尤其欣赏。那部书里着力描写的人物，如林冲、武松、鲁智深，都有极其生动的性格，虽然因为作者要凑成三十六天罡七十二地煞，勉勉强强地凑满了一百零八人的数目，但我觉得比没有人物个性的《荡寇志》要强多了。

《红楼梦》是我在十二三岁时看的，起初我对它的兴趣并不大，贾宝玉的女声女气、林黛玉的哭哭啼啼都使我厌烦。还是到了中年以后再拿起这部书看时，才尝到"满纸荒唐言，一把辛酸泪"所包含的一个朝代和家庭兴亡盛衰的滋味。

总而言之，统而言之，我这一辈子读到的中外的文艺作品不能算太少。我永远感到读书是我生命中最大的快乐！从读书中我还得到了做人处世要独立思考的大道理，这都是从修身课本中得不到的。

我自一九八〇年到日本访问回来后，即因腿伤闭门不出，"行万里路"做不到了，"读万卷书"便是我唯一的消遣。我每天都会得到许多书刊，知道了许多事情，也认识了许多人物。同时，书看多了，我也会挑选、比较。比如说看了精彩的《西游记》就会丢下烦琐的《封神榜》，看了人物栩栩如生的《水浒传》就不会看索然无味的《荡寇志》。对于现代的文艺作品，那些写得朦朦胧胧的、堆砌了许多华丽词句的、无病而呻的文字，我一看就从脑中抹去。但是那些满带着真情实感、十分质朴浅显的篇章，哪怕只有几百上千字，也往往使我心动神移，不能自已！

书看多了，从中也得到了一个体会，物怕比，人怕比，书也怕比，"不比不知道，一比吓一跳"。

因此，某年的"六一"国际儿童节，有个儿童刊物要我给儿童写几句指导读书的话，我只写了九个字，就是：

读书好，多读书，读好书。

我的母亲

  谈到女人，第一个涌上我的心头的，就是我的母亲，因在我的生命中，她是第一个对我失望的女人。

  在我以前，我有两个哥哥，都是生下几天就夭折的，算命的对她说："太太，你的命里是要先开花后结果的，最好能先生下一个姑娘，庇护以后的少爷。"因此，在她怀我的时候，她总希望是一个女儿。她喜欢头生的是一个姑娘，会帮妈妈看顾弟妹、温柔、体贴、分担忧愁。不料生下我来，又是一个儿子。在合家欢腾之中，母亲只是默然的躺在床上。祖父同我的姑母说："三嫂真怪，生个儿子还不高兴！"

  母亲究竟是母亲，她仍然是不折不扣的爱我，只是常常念道："你是儿子兼女儿的，你应当有女儿的好处才行。"我生后三天，祖父拿着我的八字去算命。算命的还一口咬定这是女孩的命，叹息着说："可惜是个女孩子，否则准做翰林。"母亲也常常拿我取笑说："如今你是一个男子，就应当真做个翰林了。"幸而我是生在科举久废的新时代，否则，以我的才具而论，哪有三元及第荣宗耀祖的把握呢？

  在我底下，一连串的又来了三个弟弟，这使母亲更加失望。然而这三个弟弟倒是个个留住了。当她抱怨那个算命的不灵的时候,我们总笑着说,我们是"无花果",不必开花而即累累结实的。

母亲对于我的第二个失望,就是我总不想娶亲。直至去世时为止,她总认为我的一切,都能使她满意,所差的就是我竟没有替她娶回一位,有德有才而又有貌的媳妇。其实,关于这点,我更比她着急,只是时运不济,没有法子。在此情形之下,我只有竭力鼓励我的弟弟们先我而娶,替他们介绍"朋友",造就机会。结果,我的二弟,在二十一岁大学刚毕业时就结了婚。母亲跟前,居然有了一个温柔贤淑的媳妇,不久又看见了一个孙女的诞生,于是她才相当满足地离开了人世。

如今我的三个弟弟都已结过婚了,他们的小家庭生活,似乎都很快乐。我的三个弟妇,对于我这老兄,也都极其关切与恭敬。只有我的二弟妇常常笑着同我说:"大哥,我们做了你的替死鬼,你看在这兵荒马乱米珠薪桂的年头,我们这五个女孩子怎么办?你要代替我们养一两个才行。"她怜惜的抚摩着那些黑如鸦羽的小头。她哪里舍得给我养呢!那五个女孩子围在我的膝头,一齐抬首的时候,明艳得如同一束朝露下的红玫瑰花。

母亲死去整整十年了。去年父亲又已逝世。我在各地漂泊,依然是个孤身汉子。弟弟们的家,就是我的家,那里有欢笑,有温情,有人照应我的起居饮食,有人给我缝衣服补袜子。我出去的时候,回来总在店里买些糖果,因为我知道在那栏杆上,有几个小头伸着望我。去年我刚到重庆,就犯了那不可避免的伤风,头痛得七八天睁不开眼,把一切都忘了。一天早晨,航空公司给我送来一个包裹，是几个小孩子寄来的，其中的小包裹是从各地方送到，在香港集中的。上面有一个卡片，写着："大伯伯，好些日子不见信了，圣诞节你也许忘了我们，但是我们没有忘了你！"我的头痛立刻好了，漆黑的床前，似乎竖起了一棵烛光辉煌的圣诞树！

回来再说我的母亲吧。自然，天下的儿子，至少有百分之七十，认为他的母亲乃是世界上最好的母亲。我则以为我的母亲，乃是世界上最好的母亲中最好的一个。不但我如此想，我的许多朋友也如此说。她不但是我的母亲，而且是我的知友。我有许多话不敢同父亲说的，敢同她说；不能对朋友提的，能对她提。她有现代的头脑，稳静公平地接受现代的一切。她热烈地爱着"家"，以为一个美好的家庭，乃是一切幸福和力量的根源。她希望我早点娶亲，目的就在愿意看见我把自己的身心，早点安置在一个温暖快乐的家庭里面。然而，我的至爱的母亲，我现在除了"尚未娶妻"之外，并没有失却了"家"之一切！

我们的家，确是一个安静温暖而又快乐的家。父亲喜欢栽花养狗；母亲则整天除了治家之外，不是看书，就是做活，静悄悄的没有一点声息。学伴们到了我们家里，自然而然的就会低下声来说话。然而她最鼓励我们运动游戏，外院里总有秋千、杠子等设备。我们学武术，学音乐（除了我以外，弟弟们都有很好的成就）。母亲总是高高兴兴的，接待父亲和我们的朋友。朋友们来了，玩得好，吃得好，总是欢喜满足地回去。却也有人带着眼泪回家，因为他想起了自己死去的母亲，或是他的母亲,同他不曾发生什么情感的关系。

我的父亲是大家庭中的第三个儿子。他的兄弟姊妹很多,多半是不成材的,于是他们的子女的教养,就都堆在父亲的肩上。对于这些,母亲充分地帮了父亲的忙,父亲付与了一份的财力,母亲贴上了全副的精神。我们家里总有七八个孩子同住,放假的时候孩子就更多。母亲以孱弱的身体,来应付支持这一切,无论多忙多乱,微笑没有离开过她的嘴角。我永远忘不了母亲逝世的那晚,她的床侧,昏倒了我的一个身为军人的堂哥哥!

母亲又有知人之明,看到了一个人,就能知道这人的性格。故对于父亲和我们的朋友的选择,她都有极大的帮助。她又有极高的鉴赏力,无论屋内的陈设,园亭的布置,或是衣饰的颜色和式样等,经她一调动,就显得新异不俗。我记得有一位表妹,在赴茶会之前,打扮得花枝招展的,到了我们的家里;母亲把她浑身上下看了一遍,笑说:"元元,你打扮得太和别人一样了。人家抹红嘴唇,你也抹红嘴唇,人家涂红指甲,你也涂红指甲,这岂非反不引起他人的注意?你要懂得'万朵红莲礼白莲'的道理。"我们都笑了,赞同母亲的意见。表妹立刻在母亲妆台前洗净铅华,换了衣饰出去;后来听说她是那晚茶会中,被人称为最漂亮的一个。

母亲对于政治也极关心。三十年前,我的几个舅舅,都是同盟会的会员,平常传递消息,收发信件,都由母亲出名经手。我还记得在我八岁的时候,一个大雪夜里,帮着母亲把几十本《天讨》,一卷一卷的装在肉松筒里,又用红纸条将筒口封了起来,寄了出去。不久收到各地的来信说:"肉松收到了,到底是家制的,美味无穷。"我说:"那些不是书吗?……"母亲轻轻的捏了我一把,附在我的耳朵上说:"你不要说出去。"

辛亥革命时,我们正在上海,住在租界旅馆里。我的职务,就是天天清早在门口等报,母亲看完了报就给我们讲。她还将她所仅有的一点首饰,换成洋钱,捐款劳军。我那时才十岁,也将我所仅有的十块压岁钱捐了出去,是我自己走到申报馆去交付的。那两纸收条,我曾珍重的藏着,抗战起来以后不知丢在哪里了。

"五四"以后,她对新文化运动又感了兴趣。她看书看报,不让时代把她丢下。她不反对自由恋爱,但也注重爱情的专一。我的一个女同学,同人"私奔"了,当她的母亲走到我们家里"垂涕而道"的时候,父亲还很气愤,母亲却不作声。客人去后,她说:"私奔也不要紧,本来仪式算不了什么,只要他们始终如一就行。"

诸如此类,她的一言一动,成了她的儿子们的南针。她对我的弟弟们的择偶,从不直接说什么话,总说:"只要你们喜爱的,妈妈也就喜爱。"但是我们的性格品味已经造成了,妈妈不喜爱的,我们也决不会喜爱。

她已死去十年了。抗战期间,母亲若还健在,我不知道她将做些什么事情,但我至少还能看见她那永远微笑的面容,她那沉静温柔的态度,她将以卷《天讨》的手,卷起她的每一个儿子的畏惧懦弱的心!

她是一个典型的贤妻良母,至少母亲对于我们解释贤妻良母的时候,她以为贤妻良母,应该是丈夫和子女的匡护者。

关于妇女运动的各种标语,我都同意,只有看到或听到"打倒贤妻良母"的口号时,我总觉得有点逆耳刺眼。当然,人们心目中"妻"与"母"是不同的,观念亦因之而异。我希望她们所要打倒的,是一些怯弱依赖的软体动物,而不是像我的母亲那样的女人。

(最初发表于《星期评论》重庆版1941年3月7日第14期,署名男士。后收入《关于女人》)

童年的春节

　　我童年生活中,不光是海边山上孤单寂寞的独往独来,也有热闹得锣鼓喧天的时候,那便是从前的"新年",现在叫作"春节"的。

　　那时我家住在烟台海军学校后面的东南山窝里,附近只有几个村落,进烟台市还要越过一座东山,算是最冷僻的一角了,但是"过年"还是一年中最隆重的节日。

　　过年的前几天,最忙的是母亲了。她忙着打点我们过年穿的新衣鞋帽,还有一家大小半个月吃的肉,因为那里的习惯,从正月初一到十五是不宰猪卖肉的。我看见母亲系起围裙、挽上袖子,往大坛子里装上大块大块的喷香的裹满"红糟"的糟肉,还有用酱油、白糖和各种香料煮的卤肉,还蒸上好几笼屉的红糖年糕……当母亲做这些事的时候,旁边站着的不只有我们几个馋孩子,还有在旁边帮忙的厨师傅和余妈。

　　父亲呢,就为放学的孩子们准备新年的娱乐。在海军学校上学的不但有我的堂哥哥,还有表哥哥。真是"一表三千里",什么姑表哥,舅表哥,姨表哥,至少有七八个。父亲从烟台市上买回一套吹打乐器,锣、鼓、箫、笛、二胡、月琴……弹奏起来,真是热闹得很。只是我挤不进他们的乐队里去!我只能白天放些父亲给我们买回来的鞭炮，晚上放些烟火。大的是一筒一筒地放在地上放，火树银花，璀璨得很！我最喜欢的还是一种最小、最简单的"滴滴金"。那是一条小纸捻，卷着一点火药，可以拿在手里点起来嘶嘶地响，爆出点点火星。

记得我们初一早起，换上新衣新鞋，先拜祖宗——我们家不供神佛——供桌上只有祖宗牌位、香、烛和祭品，这一桌酒菜就是我们新年的午餐——然后给父母亲和长辈拜年，我拿到的红纸包里的压岁钱，大多是一圆锃亮的墨西哥"站人"银圆，我都请母亲替我收起。

最有趣的还是从各个农村来耍"花会"的了，演员们都是各个村落里冬闲的农民，节目大多是"跑旱船"，和"王大娘锔大缸"之类，演女角的都是村里的年轻人，搽着很厚的脂粉。鼓乐前导，后面就簇拥着许多小孩子。到我家门首，自然就围上一大群人，于是他们就穿走演唱了起来，有乐器伴奏，歌曲大都滑稽可笑，引得大家笑声不断。耍完了，我们就拿烟、酒、点心慰劳他们。这个村的花会刚走，那个村的又来了，最先来到的自然是离我们最近的金钩寨的花会！

我十一岁那年，回到故乡的福建福州，那里过年又热闹多了。我们大家庭里是四房同居分吃，祖父是和我们这一房在一起吃饭的。从腊月廿三日起，大家就忙着扫房，擦洗门窗和铜锡器具，准备糟和腌的鸡、鸭、鱼、肉。祖父只忙着写春联，贴在擦得锃亮的大门或旁门上。他自己在元旦这天早上，还用红纸写一条："元旦开业，新春大吉……"以下还有什么吉利话，我就不认得也不记得了。

　　新年里，我们各人从自己的"姥姥家"得到许多好东西。首先是灶糖、灶饼，那是一盒一盒的糖和点心。据说是祭灶王爷用的，糖和点心都很甜也很黏，为的是把灶王的嘴糊上，使得他上天不能汇报这家人的坏话！最好的东西，还是灯笼，福州方言，"灯"和"丁"同音，因此送灯的数目，总比孩子的数目多一盏，是添丁的意思。那时我的弟弟们还小，不会和我抢，多的那一盏总是给我。这些灯：有纸的，有纱的，还有玻璃的……于是我屋墙上挂的是"走马灯"，上面的人物是"三英战吕布"，手里提的是两眼会活动的金鱼灯，另一手就拉着一盏脚下有轮子的"白兔灯"。同时我家所在的南后街，本是个灯市，这一条街上大多是灯铺。我家门口的"万兴桶石店"，平时除了卖各种红漆金边的伴嫁用的大小桶子之外，就兼卖各种的灯。那就不是孩子们举着玩的灯笼了，而是上面画着精细的花鸟人物的大玻璃灯、纱灯、料丝灯、牛角灯等等，元宵之夜，都点了起来，真是"花市灯如昼"，游人如织，欢笑满街！

　　元宵过后，一年一度的光彩辉煌的日子，就完结了。当大人们让我们把许多玩够了的灯笼，放在一起烧了之后，说："从明天起，好好收收心上学去吧。"我们默默地听着，看着天井里那些灯笼的星星余烬，恋恋不舍地带着一种说不出的惆怅寂寞之感，上床睡觉的时候，这一夜的滋味真不好过！

一九八五年一月三十日